DIRK STERMANN

DER JUNGE BEKOMMT DAS GUTE ZULETZT

ROMAN

ROWOHLT TASCHENBUCH VERLAG

Veröffentlicht im Rowohlt Taschenbuch Verlag,
Reinbek bei Hamburg, Dezember 2017

Umschlaggestaltung any.way, Hamburg,
nach einem Entwurf von Anzinger und Rasp, München
Umschlagabbildung Meghan Howland, «Nest», 2013
Satz DTL Albertina, PostScript, InDesign
Gesamtherstellung CPI books GmbH,
Leck, Germany
ISBN 978 3 499 27195 3

Es ist heute schlecht
und wird nun täglich schlechter werden –
bis das Schlimmste kommt.

ARTHUR SCHOPENHAUER

0.0

An meinem vierzehnten Geburtstag hörte ich, wie die Wohnungstür aufgesperrt wurde. Ich erschrak. Da standen die drei Chinesen. Aber der Reihe nach.

1.0

Leicht, flüchtig, fast fruchtig.
Als ob ein winziger Funke ein einziges Haar
auf dem Arm ansengen würde.

BLUTBIENEN, FURCHENBIENEN

«Mein Vater, dein Großvater. Er hat bei einem Arbeitsunfall ein Bein verloren. Also wirklich verloren. Es sollte ihm im Spital angenäht werden, man konnte es aber nicht finden. Sie hatten es in den Kofferraum geschmissen, hieß es. Aber im Kofferraum war nur eine alte, rostfleckige Decke. Und ein Wagenheber. Das Bein deines Großvaters nicht. Weinst du?»

«Komm zur Sache, Papa.»

«Deshalb schaute er sich später immer um. Er hat sein Bein gesucht. Jemand hatte es verlegt, ein Kollege. Wir wissen es nicht. Irgendwo liegt das Bein deines Großvaters. Das linke. Du kennst die Maschinen, die Pappkartons zerkleinern? Da war er hineingeraten. In Rohrbach. Bei uns in Hühnergeschrei gab es so was nicht. Das waren Schmerzen! Obwohl, der Körper sendet da Hilfe aus, irgendeine Chemie, die dich das alles aushalten lässt.»

«Meinst du mich? Willst du mich trösten, Papa?»

«Dich? Nein, glaube ich nicht. Da geht's ja um richtigen körperlichen Schmerz. Bei dir, das ist ja nur Trauer, also, *nur*. Ich weiß schon, gut, du bist sehr traurig. Das Bein deines Großvaters war mein Lehrer.»

«Das hast du uns schon erzählt, Papa, mehr als ein Mal.

Opa hat Akkordeon gespielt und beim Spielen deinen Oberschenkel an seinen gebunden. So hast du Rhythmus gelernt.»

«Richtig, Claude. So hab ich Rhythmus gelernt. Weißt du, wie merkwürdig das war, als im Hausflur nur mehr fünf Schuhe standen? Meine, Omas und seiner.»

Papa biss in das Mohnweckerl. An seinen Lippen klebten Mohnsamen und Eigelb.

«Um was geht's, Papa?»

«Ich musste so lachen, als dein Großvater danach das erste Mal mit uns schwimmen war. Mit der fleischfarbenen Prothese. Das war zu komisch. Er stieg die Leiter aus dem Schwimmbad hinauf, und das Wasser schoss links und rechts aus seiner Prothese. Wie bei einem Auto, das man aus einem Fluss zieht, wo es dann aus den Fenstern und dem Motor rausläuft. Als er starb, hat deine Großmutter den Bestatter gefragt, ob es einen günstigeren Sarg für Einbeinige gäbe. Gab es aber nicht.»

«Papa?»

«Sieh mal, deine Mutter ist Ethnologin. Da muss man doch sagen, gut, mit diesem Straßenmusiker, mit dem hat sie sich einen Traum erfüllt. Ein peruanischer Straßenmusiker. Sie ist im Panflötenparadies. Besser, als wenn sie sich einen Pantomimen genommen hätte, oder? Claude? Stell dir vor. Lieber so einen Poncho-Compañero als einen Kerl, der nur so tut, als täte er was, stimmt's?»

Papa lachte. Ich sah, dass auch an seinem Schneidezahn Eigelb klebte.

«Claude, wir haben uns das so überlegt. Wir behalten die Wohnung, ziehen aber eine Wand ein. Drüben ist Lateinamerika, bei uns ist Österreich. Broni kommt rüber zu den Inkas, und du bleibst bei mir. So haben wir uns das gedacht. Deine

Mutter ist ja nicht komplett weg, wie Großvaters Bein, sie ist hinter einer *provisorischen* Wand. Wände und Mauern sind nicht für die Ewigkeit gebaut, frag die Berliner.»

«Und die Chinesen, Papa?»

«Welche Chinesen, Claude? Außerdem ist das bei denen aus touristischen Gründen. Ich war mal mit dem Bruckner Orchester dort. Da ist *nichts*, Claude. Gar nichts. Wär da nicht die Mauer, wär da überhaupt nichts. Kein Tourist wüsste, wohin er schauen soll. Die brauchen die Mauer, die Chinesen. Aber wir brauchen keine Touristen. Wir beide haben uns. Und hinter der Wand sind Broni, deine Mutter und der Mayahengst. Besser als so ein Marionettenspieler. Kennst du die? Wo man Panik kriegt, dass sich die Scheißschnüre verheddern, und dann schaut man kurz zu und wünscht sich, dass die Scheißschnüre sich für immer verknoten?»

«Wieso wohnt Bronislaw bei Mama?»

«Frag deine Mutter. Sie hat das entschieden.»

«Wollte sie nicht, dass ich auch drüben wohne?»

«Nein, Claude. Außerdem müssen wir die Sachen aufteilen. Sie haben den Fernseher und wir das Klavier.»

«Wo ist Bronislaw?»

«Broni ist schon drüben. Er hat dein altes Zimmer. Ich habe deine Sachen ins Ethnokammerl gegeben. Die Masken hat sie mit rübergenommen. Die kann sie sich ja anziehen, beim Ethnosex.»

«Das Zimmer ist winzig, Papa.»

«Dadrin hat sie ihre Diplomarbeit geschrieben. Ist doch ein gutes Zeichen für deine Schulkarriere.»

«Mama hat fünfzehn Jahre an ihrer Diplomarbeit geschrieben.»

«Dann nimm halt Bronis Zimmer. Langweil mich nicht schon am ersten Tag, Claude. Ich weiß, wie lang sie gebraucht hat. Bemüh dich ein bisschen, ein interessanter Mitbewohner zu sein, ja?»

«Ich bin nicht dein Mitbewohner, ich bin dein Sohn. Ich find auch nicht alles brüllend komisch, was du witzig meinst, Papa.»

Papa nahm einen Schluck Kaffee. Vielleicht würde sich das Eigelb ja so vom Zahnschmelz lösen.

«Noch was, Claude. Mama möchte das jetzt am Anfang mal so durchziehen. Also ihn und die Situation. Ich hab ihr gesagt, dass wir sie in Ruhe lassen. Bis sich alles eingespielt hat. Für dich heißt das, tu so, als wär sie verreist. Als wär unsere Wohnung geschrumpft, nebenan wohnt irgendwer, den wir nur nerven, falls das Haus brennt. Natürlich kannst du sie grüßen, wenn du sie und Broni im Haus triffst oder auf der Straße. Aber es gilt, die beiden sind für dich nicht da. Klar wär es besser, sie könnte sich eine eigene Wohnung leisten. Wir wissen beide, dass das keine optimale Lösung ist, aber gut, machen wir das Beste draus. Okay, Claude?»

«Und du, Papa? Ist dir das egal mit dem anderen Mann? Seit wann weißt du das? Was sagt Mama? Ich will zu ihr.»

«Du nervst. Nein, du kannst nicht zu deiner Mutter. Sei nicht kindisch, du bist bald fünfzehn.»

«Ich bin noch nicht einmal vierzehn.»

«Jetzt schau nicht wie ein Narr. Deine Mutter hat uns verlassen. So was passiert. Du hast Glück. Stell dir vor, du wärst Jeside im Islamischen Staat oder Jesidin. Sei froh, Claude. Ich mein, es gibt Tunten da unten, die haben Angst vor jedem Stein, der in der Wüste liegt. Dass er aufgehoben wird, und schon fliegt er ihnen an den Schädel. Du wohnst in Wien, du bist weiß, du bist jung, du bist Mitteleuropäer. Du könntest eins von einer Million Flüchtlingskindern in einem Flüchtlingslager in Afrika sein, dem eine Million Fliegen im Auge sitzt. Oder du könntest eine der einen Million Fliegen sein, die sich um einen Platz in der Augenflüssigkeit eines Kindes mit allen anderen Fliegen streitet.»

Papa blickte auf die Uhr. Mama hatte sie ihm zur Geburt von Broni geschenkt.

«Herrgott noch mal, du musst zur Schule. Lass den Serben nicht warten!»

Seit einigen Wochen fuhr Dirko Dumic mich jeden Tag zur Schule. Smbat Smbatjan. Res Moos. Storm Pontoppidan. Dirk van Quaquebeke. Dass mein Vater an diesem Morgen mit mir frühstückte, war ungewöhnlich. Normalerweise unterrichtete er während der Woche in Linz. Wolfgang Raupenstrauch.

«Raupenstrauch? Was ist denn das für ein Name?», hatte Dirko gesagt, als wir uns im Aufzug kennenlernten. Er stieg im sechsten Stock zu. Wir wohnen im achten. Ohne Terrasse, aber mit Blick, sagt mein Vater.

«Interessierst du dich für Raupen und Insekten? Für kleine Tiere?», hatte Dirko mich damals gefragt.

«Nicht sehr.»

«Ich dachte, wegen deinem Namen. Frösche?»

«Nein.»

«Lohnt sich aber. Ich war in Costa Rica. Ich hab dort für einen Schweizer gearbeitet, ein Taxiunternehmen an der Karibikküste. Er spielte Karten, ich fuhr mit seinem Wagen durch den Regenwald. Jassen in der Karibik. Lauter Schweizer Auswanderer. Käsefondue im Tropenregen. Die meisten Schweizer sind dümmer als Kapuzineräffchen. Aber sogar im Urwald haben sie kleine Kübel auf dem Tisch, für den Müll beim Essen. Musst du zur Schule?»

Ich nickte. Wir stiegen aus dem Lift. Ich bemerkte, dass er hinkte. Er sprach mit einem merkwürdigen Akzent, ein bisschen wie der bosnische Hausmeister im Theresianum, aber so, als käme der aus Bern oder Eriwan oder Kopenhagen.

«Ich kann dich fahren», sagte er. «Am Hohen Markt steht mein Taxi.»

«Ich hab kein Geld», sagte ich.

«Ich auch nicht», sagte er. «Dirko!» Er gab mir seine Hand.

«Claude», sagte ich.

«Wie Kleidung auf Englisch?»

«Nein, meine Mutter ist Ethnologin. Sie hat mich nach Claude Lévi-Strauss benannt. Der war auch Ethnologe.»

«Lévi-Strauss, hm? Weißt du, wie man die roten Erdbeerfrösche auch nennt? Blue Jeans Frogs. Wegen der Beine. Blaue Beine. Ich werd dich Blue Jeans nennen, ist dir das recht?»

Ich zuckte mit den Schultern. Sein graues Haar sah aus wie ein Helm. Ich hatte noch niemals zuvor so dichtes Haar gesehen. Der Ansatz begann in der Mitte der Stirn. Über den Augen hingen Brauen mit mehr Volumen, als mein Vater Haare auf dem gesamten Kopf hatte. Wie eine alte Vogelscheuche, die aufgeplatzt ist. Überall graues Stroh. Wie unser Bundespräsident sah er aus. Drahthaar. Mit so was ging man nicht zum Friseur, sondern zum Steinmetz. Leonid Breschnew, Heinz Fischer, Dirko Dumic. Augenbrauen wie Büsche und Haare wie dichte Hecken. Dirko kratzte sich, und es klang, als würde er einen Besen streicheln.

Wir waren am Hohen Markt angekommen, wo sein Wagen stand. Er stieg ein und öffnete von innen die Beifahrertür.

«Setz dich zu mir nach vorne. Wenn ich *jetzt* sage, musst du die Handbremse ziehen, gut?»

«Wieso, was soll das?»

«Kann sein, dass ich bremsen muss und nicht kann. Dann kommst du und rettest uns.»

Ich dachte, er macht einen Witz. Aber schon gleich bei der Ampel beim Würstelstand schrie er: «JETZT, Blue Jeans!»

Ich riss die Handbremse hoch. Wir hielten abrupt. Mit beiden Händen fuhr er sich unter den rechten Oberschenkel und massierte ihn.

«MS. Keine Sorge. Ist ein Automatic. Ich brauch eh nur einen Fuß. Und, dem Herrn sei es gepfiffen, das rechte Bein ist mein gutes. Oder sagen wir, von zwei Nieten das bessere. Auf einer Skala von eins bis zehn kriegt mein linkes Bein eine Eins, das Arbeitsbein immerhin eine Zwei.»

An seinem Rückspiegel baumelten zwei CDs. Das Licht der Wintersonne fing sich darin.

«So dekorieren die Indios ihre Hütten. Also, die Indios, die ich kenne. CDs blinken hübsch, auch ohne Strom. Warst du schon mal im Dschungel?»

Ich schüttelte den Kopf.

«Da hab ich das Kreuzworttier gesehen. In echt. Drei Buchstaben?»

«Ara?» Meine Großmutter war manische Kreuzworträtslerin. Vor kurzem hatte sie gesagt:

«Kopfbedeckung mit drei Buchstaben. Mit H. Hupe? Nein, passt nicht.»

Da machten sich alle Sorgen um ihren Kopf. Ich fand's eigentlich komisch. «Schreib enger, dann passt's», hatte ich vorgeschlagen.

Wir standen noch immer an der Ampel an der Ecke Hoher Markt, Marc-Aurel-Straße. Obwohl Rot war, bog Armin Thurnher mit seinem Fahrrad ab. Er ist der Chef vom *Falter*. Es gibt Bilder von mir, wo ich als Baby den *Falter* lese.

«Wohnt ihr Raupenstrauchs schon lang hier?», fragte Dirko. Sein merkwürdiger Akzent faszinierte mich. Ich hatte zusammen mit meiner Mutter den Film gesehen, in dem ein schwarzer Matrose David-Bowie-Songs auf Portugiesisch singt, und ungefähr so sprach Dirko meinen Familiennamen aus. Portugiesisch, mit finnisch-serbischem Akzent, aber Deutsch. Als hätte man die ganzen Sprachen in einen Mixer geworfen.

«Ja, ich immer schon.»

«Ich bin grad erst eingezogen», sagte er. «Spannende Gegend.»

«Geht so. Viele Touristen.»

«Aber worauf laufen sie, die Touristen?» Er sah mich an. «Auf den Resten des ehemaligen Römerlagers. Unter uns sind die Grundmauern römischer Offiziershäuser. Und fünfhundert Jahre lang war das hier die wichtigste Hinrichtungsstätte Wiens. Hier war früher die Schranne, das Gerichtsgebäude. Die hatten eine eigene Kapelle, kennst du die Geschichte?»

Nein. Ich kannte die Geschichte nicht. Meine Mutter interessierte sich für alles außer dem, was in ihrer Nähe lag, und mein Vater für nichts außer dem, was für sein eigenes Wohlergehen von Belang war. Ich hatte nicht gewusst, dass die Kapelle *Zur Todesangst Christi* hieß, und es war mir neu, dass vor meinem Haus Enthauptungen und Vierteilungen stattgefunden hatten und dass genau da, wo heute der Würstelstand steht, der Pranger und der Galgen waren.

«So etwas *muss* man wissen», sagte Dirko. «Es ist wichtig, zu wissen, wo man herkommt und was geschehen ist. Glaub mir, ich würde wahrscheinlich noch immer friedlich in Belgrad leben, wenn die Leute dort das auch wüssten. Man kann nicht tun, als wäre nichts. Alles ist für immer, verstehst du? Alles, was du siehst, hörst und tust, bleibt. Es hilft nichts, nachher die Augen zu schließen oder die Ohren zuzuhalten oder die Hände in die Hose zu stecken. Als ob man einfach die Zeit totschlagen könnte, ohne die Ewigkeit zu verletzen. Was Menschen Übles tun, das überdauert sie.»

Ich war skeptisch. Was sollte das Wissen nützen? Aber ab diesem Tag fuhr Dirko mich regelmäßig zur Schule, und er nutzte die Fahrten, um mich abzufragen. Mein persönliches Fach: *Hinrichtungen in Wien*. Ich wurde mit der Zeit richtig gut.

«Am Tabor, Blue Jeans?»

«Warte, nichts sagen. Hinrichtungen durch Ertränken auf der Brücke? Der Verurteilte wurde in einen Sack eingenäht, und dann schmiss man ihn in den Fluss. Manchmal haben sie ihn auch ohne Sack ins Wasser geworfen und mit einer Stange unter die Wasseroberfläche gedrückt.»

«Sehr gut! Du bist ein schlauer kleiner Kerl.»

«Das ist nicht schlau, Dirko. Ich hab's auswendig gelernt, das ist ja noch keine Gedankenleistung.»

«Red nicht wie ein Klugscheißer, konzentrier dich. Gänseweide?»

«Heißt die heute Weißgerberlände?»

«Ja, im dritten Bezirk. Willst du mich ablenken, oder was? Also, Gänseweide?»

«Hinrichtungen in der Regel durch Verbrennen.»

«Prima. Wer?»

«Was?»

«Wer wurde verbrannt?»

«Juden, Wiedertäufer, Hexen. Erst wurden sie geköpft und dann verbrannt.»

«Nur die oder noch andere?»

«Ich weiß nicht, was du meinst.»

«Gab's nicht noch, sagen wir, tierisch geile Typen, die sie geköpft und verbrannt haben?»

«Ach so», rief ich erleichtert. «Klar. Sodomiten. Zum Beispiel sechzehnhunderteinundsechzig einen Schneider aus Traiskirchen, der mit einem Huhn geschlafen hat, und elf Jahre später einen Mann aus dem Waldviertel. Er teilte sein Schicksal mit seinem Pferd.»

«Bravo, Claude. Du bist schon ein richtiger Hinrichtungsexperte. Das mit dem Pferd wusste ich gar nicht. Die beiden waren ein Paar? Kommt daher Paarhufer? Kennst du den Witz? Frau schreibt Inserat. Suche Mann mit Pferdeschwanz, Frisur egal?» Er lachte. Plötzlich schrie er. «JETZT!»

Im letzten Moment riss ich an der Handbremse. Vor uns wurde ein Mann ohne Beine in einem Rollstuhl über die Straße geschoben. Sein Körper war seltsam klein, wie der eines Kindes. Das Gesicht völlig verbrannt, als hätte man ihn aus einem Waldbrand gezogen. Dunkelrot und geschwollen sah er aus, Hautfetzen hingen herunter, Bläschen schlug seine Haut. Er trug eine Perücke, die aussah wie die von Limahl, dem Sänger von Kajagoogoo. Meine Eltern haben eine

Achtziger-Kiste, in der steht die Platte. *Too Shy*. Merkwürdig meliert war die Perücke. Die Augen des Mannes waren blutunterlaufen und schienen aus dem verbrannten Kopf zu quellen.

Mit diesen Augen starrte er uns an. Als wäre ein Körperwelten-Plakat lebendig geworden. Es war wirklich knapp gewesen. Handbremsen sind für plötzliche Bremsungen nicht geeignet.

«Jesus Maria», sagte Dirko.

«Du solltest nicht Auto fahren mit dieser Scheißkrankheit», schrie ich.

«Ich bin Taxifahrer. Da ist es eben notwendig, dass man Auto fährt. Denk mal darüber nach, Claude. Weiter geht's. Was ist ein Würgegalgen und wo ist der Galgenhof?»

«Wir hätten ihn beinahe erwischt. Einen Behinderten!»

«Quatsch, wir hätten seine schöne nichtbehinderte Begleitung auch erwischt. Aber du hast das gut gemacht. Willst du Beitaxler werden? Wie bei einer Rallye? Du sagst mir an, wo ich fahren soll, und wenn mein Bein Pause macht, springt dein Bein ein. Wie klingt das?»

«Ich bin dreizehn. Ich darf gerade mal Rad fahren und zu Fuß gehen.»

«Stimmt. Du musst noch wachsen, Claude. Wachsen. Unten und oben.»

Er tippte mir an die Stirn. «Wann war die letzte Vollstreckung der Todesstrafe nach österreichischem Recht?»

«Neunzehnhundertfünfzig», murmelte ich. «Der Raubmörder Trnka wurde gehängt, er wollte Radioapparate stehlen und hat zwei ältere Frauen ermordet.»

«Wer war der Scharfrichter?»

«Ein Kinogehilfe, der schon im Ständestaat Scharfrichter bei Hinrichtungen auf dem Würgegalgen gewesen war.»

Er schlug mir anerkennend auf die Schulter. Wir fuhren auf dem Kopfsteinpflaster an der Spanischen Hofreitschule und am Palais Pallavicini vorbei.

Vor der Albertina sagte Dirko: «Schweinemarkt. Hieß früher so. Merk dir: Hinrichtung durch Erhängen. Hier stand das Augustinerkloster, die Mönche haben sich durch den Lärm bei den Hinrichtungen in ihrer Andacht gestört gefühlt, die ganzen Schaulustigen. Arme Mönche.»

In der Mitte des Platzes, an dem ich wohne, steht der Vermählungsbrunnen, auch Josephsbrunnen genannt. Er ist der Hochzeit von Joseph und Maria gewidmet. Dirko sagte, die waren verheiratet, obwohl Joseph wusste, dass sie mit Gott was hat.

«Wie dein Vater», sagte mein südamerikanisch-serbisch-Schweizer Dänenfreund.

Aber das ist anders. Als ich wie Jesus in der Krippe war, lebte meine Mutter noch monogam. Da hatte sie keinen Gott neben meinem Vater. Ich musste grinsen. Mein Vater hat mit Gott nur in der Vorstellung von Leuten etwas zu tun, die nicht an Gott glauben. Mit seiner Halbglatze und der gebeugten Haltung, dem Spitzbauch. Wenn Gott so aussähe wie Wolfgang Raupenstrauch, na bravo. Dann hätte man keine prachtvollen Kirchen zu seinen Ehren gebaut, sondern Garagen. Oder Abstellkammern; Abstellkammern passen noch besser.

Mein Vater kommt aus einem winzigen Ort in Oberösterreich. Hühnergeschrei im Tal der Kleinen Mühl. Heagschroa sagte meine Großmutter im Dialekt. Sechsundsechzig Einwohner. Eine davon hieß bis vor kurzem noch Raupenstrauch. Eine Freiwillige Feuerwehr mit eigener Feuerwehrkapelle. Eine Asphalt-Eisstock-Bahn, ein Gasthaus, ein Auto- und Landmaschinenhändler, der ein Wasserkraftwerk betreibt, das jährlich sechshundertfünfzigtausend Kilowatt Strom erzeugt. Wieso ich das weiß? Weil es sonst so wenig über Hühnergeschrei zu wissen gibt. Mein Großvater arbeitete früher für den Landmaschinenhändler, dann pendelte er bis nach Linz, um bei der VOEST zu arbeiten, am Ende landete er beim *Billa* in Rohrbach, wo sein Bein in die Kartonpresse kam. Seine Mutter, meine Urgroßmutter, war im Krieg gefallen. Sie war eine Überzeugte, wie es hieß, schnitt sich die Haare kurz, besorgte sich in Aigen-Schlägl einen Stahlhelm und zog in den letzten Wochen des Krieges den Amerikanern entgegen. Sie wurde irgendwann am Inn erschossen.

Der Kriegerinnenwaisen-Großvater spielte Akkordeon und band sein Bein an das meines Vaters, und so lernte mein Vater Rhythmus. Eine der Familiengeschichten, die mein Vater zu wiederholen nicht müde wird. Deshalb wurde er musikalisch, deshalb kam mein Vater zu den St. Florianer Sängerknaben, deshalb studierte er Musik, und deshalb ist er heute Posaunenlehrer am Institut für Blechbläser und Schlagwerk an der Anton Bruckner Privatuniversität Linz. Er spielt Ventilposaune, wie fast alle in Mitteleuropa. Mahlers Zweite, Dvořáks Neunte, Vier ernste Gesänge von Brahms. Die Lieblingsstücke meines Vaters. Man sagt, er sei ein Kraftposaunist. Er klingt wie Joseph Alessi und Zoltan Kiss, sagt man. Ohne sie ganz zu erreichen.

Blockflöte, Tenorhorn, Posaune. So kam er zu seinem Instrument. Studium in Wien. Bruckners Etude für das tiefe

Blech, damit hatte er sich am Konservatorium beworben. Selbstbewusst, weil er gerade den dritten Platz bei *prima la musica* gewonnen hatte und den zweiten bei *Musica Juventutis.* Linkisch war er, bäuerlich. Ein Tölpel vom Land.

«Wie Bruckner, als der nach Wien kam», sagt er selbst von sich. «Gustav Mahler hat ihn *ein zufälliges Genie* genannt, *halb Gott, halb Trottel.*»

Und Bruckner war ja auch St. Florianer Sängerknabe gewesen.

«Ein Landei, ein devoter Orgelknecht. Er betete täglich und war völkischer Antisemit, wie Wagner», dozierte mein Vater. Bruckner himmelte Wagner an, fuhr nach Bayreuth, Wagner machte ihn betrunken und setzte ihn in den nächsten Zug zurück nach Österreich. «Wagner, der kleine Giftzwerg.»

Bruckner war ein lebenslang Einsamer, verliebte sich in jede Achtzehnjährige, die ihm begegnete, und schrieb ihr Heiratsanträge. Immer erfolglos. Kein Wunder, bis zu achtundsechzig Jahre Altersunterschied lagen zwischen ihm und seinen Auserwählten.

«Ehrlich, welche junge Frau legt sich gern auf einen stinkenden Greis, dem die Haare aus den Ohren schießen und dessen Schwanz nicht mehr gehorcht, weder beim Pinkeln noch beim Vögeln», sagte Papa.

Bruckner trug, sagte Papa weiter, aus Angst vor unwillkürlichem Samenerguss ein wasserdichtes Unterkleid, wenn er sich in öffentlicher Gesellschaft befand. Er hatte furchtbare Panik vor feuchten Tagträumen.

«Jedes Mädchen, das er sah, machte ihn nass, den Irren.» Papa schüttelte verächtlich den Kopf. «Er zeigte sich Mädchen auch nackt», sagte er.

«Und geizig war er. Er ließ anfragen, ob er in Linz die Reste der Henkersmahlzeiten gratis bekommen könne, die von den Verurteilten nicht aufgegessen worden waren. Und nach so einem ist die Universität benannt, an der dein Vater arbeitet. Fang an, dir Sorgen zu machen, Claude. So etwas färbt ab. Wie der Künstler Flaz, der seinen Hund ‹Hitler› genannt hat. Als Kunstaktion. Aber stell dir vor, Claude. Wie alt wird so ein Hund? Fünfzehn? Du rufst fünfzehn Jahre lang mehrmals am Tag: Hitler! Brav, Hitler. Komm her, Hitler, Platz, Hitler! Glaubst du nicht, dass das Spuren hinterlässt? Vielleicht macht Bruckner das mit uns auch an der Uni. Geniale Musik, aber ein Narr. Ein hundsbegabter Narr. Er litt unter Zählzwang! Er fing Krebse, klebte ihnen brennende Wachskerzen auf den Panzer und ließ sie mitten in der Nacht auf dem Gottesacker umherlaufen. Auf dem Friedhof. Um die Bauern zu schocken.»

«Das ist doch eine gute Idee», sagte ich.

«Ja, stimmt. Du hast recht. Das ist eigentlich eine gute Idee. Deine Mutter hält Bruckner für reines Blechgedröhne mit sich ewig wiederholender Ladehemmung. Es geht bis kurz vor den Orgasmus, Pause. Wieder. Erotik, die Musik richtet sich auf: Pause. Wasserdichtes Unterkleid. Ladehemmung.»

Später, nachdem die Wand unsere Wohnung schon trennte, sagte Papa einmal, die Hände vorm Gesicht, betrunken weinend: «Jeden Freitag esse ich mit deiner Mutter zu Abend. Nur wir zwei. Und wir reden über uns. Legen alle Karten auf den Tisch. Was stört dich an mir, fragt sie. Was stört dich an mir, frage ich. Am Tag vor dem Inkaschwein sagte sie: Mich stört nichts an dir. Nur finde ich, dass du die Tomaten falsch schneidest. Du schneidest sie in runde Scheiben, ich mag das nicht. Ich halbiere sie und viertel sie dann. Ich kann diese

Scheiben nicht essen. Und sonst? Hab ich deine Mutter gefragt. Gibt es sonst etwas? Nein, hat sie gesagt. Sonst stört mich nichts.»

Bruckners Etude für das tiefe Blech war die große Prüfung seines Lebens. Er spielte ohne Ladehemmung und bestand. Er wurde aufgenommen am Musikkonservatorium in der Johannesgasse, betrank sich im *Alt Wien*, am Nebentisch saß eine dunkelhaarige Studentin in einem großmaschigen beigen Pullover.

«Deine Mutter trug nichts drunter», erzählte mein Vater. «Sie lebte damals in ihrer Ethnologenwelt, gedanklich war sie nackt in Melanesien, und innerhalb von Sekunden sah ich mich nackt neben ihr, nur ohne all die Wilden an unserer Seite.»

Meine Mutter heißt Ruth. Sie hat Augenbrauen wie Frida Kahlo. Wenn ich sie vermisse, schau ich in den Spiegel, nur auf die Partie über den Augen.

«Du hast die Augenbrauen deiner Mutter», sagt mein Vater, und ich antworte: «Nein, ich habe meine eigenen.»

Aber es stimmt. Mama und ich sind über den Augen Zwillinge.

Meine Mutter sieht aus wie eine arabische Terroristin, findet mein Vater. «Meine Nahostbraut», nennt er sie. Nannte er sie. Heute weiß ich nicht, wie er sie nennt.

Umm sagte ich als Kind zu ihr. Das gefiel ihr. Fernweh in der Häuslichkeit. Ich glaube, dass mein Vater das ins Spiel gebracht hat. Der Muttertitel seiner Nahostbraut. Als sie in Istanbul in Beyoğlu die anatolischen Frauen in ihrem Alltag beobachtete, unterschrieb sie ihre Briefe mit *Anne*, dem türkischen Wort für Mutter. Ich erinnere mich, dass mein Vater ihr am Flughafen ein *Güle güle, gülüm* hinterherrief, wenn sie durch die Absperrung ging. Gehe in Frieden, meine Rose. *Güle güle, sevgilim.* Gehe in Frieden, meine Liebe.

Damals schien alles gut zu sein. Mein Bruder war so klein, dass sie ihn mitnahm nach Istanbul. Ich ging schon zur Schule und blieb mit Herrn Raupenstrauch in Wien. Aber eigentlich lebte ich in diesen beiden Jahren bei meiner Inneren Oma, die so heißt, weil sie auch im ersten Bezirk, in der Inneren Stadt wohnt. In der Gölsdorfgasse am Rudolfsplatz, dem Zentrum des alten Tuchviertels. Im Haus meiner Großmutter befindet sich ein Institutsraum der Theaterwissenschaft. Eine Kindertheaterprofessorin war hier im Jahr meiner Geburt aus dem Fenster gesprungen.

Unten ging in genau dem Moment eine Gruppe aus dem angrenzenden Montessori-Kindergarten vorbei. Sie knallte neben den Zwergen auf den Asphalt. «Zu performatives Kindertheater, wenn du mich fragst», sagt meine Oma jedes Mal, wenn sie über diesen Selbstmord spricht.

Sie ist stolzdick. So nennt sie das. Fettwüchsig sagt mein Vater. Fettwüchsig und überernährt. In jedem Dezember verkündet sie als Neujahrsvorsatz: «Mehr Heide!» Und sie setzt das konsequent um. Heide Camesina ist die dickste Großmutter Wiens, da bin ich mir sicher. Wie meine dünne Nahostmama mit ihrer blassen, aufgepumpten eigenen Mutter verwandt sein soll, bleibt ein Familienrätsel. Jeder Unterarm meiner Oma wiegt mehr als meine zierliche Mutter. Seit Papas Spitzbauch wächst, glaube ich eher, dass er mit seiner Schwiegermutter genetisch verwandt ist.

Die Innere Oma hat einen Balkon mit einem Naschbeet.

Dort wachsen Erdbeeren. Und irgendwann wuchsen auch Erdbeeren auf dem Steinboden ihrer Terrasse.

«Die hat der Wind gepflanzt», erklärte sie mir schmatzend. So war es mit meinem Vater vielleicht auch. Irgendwann flog ein Samenkorn meiner Oma von Wien nach Hühnergeschrei, und aus dem wurde mein Vater. Oder ein Ei. Papa hat auch helle Haut, wie die Innere Oma. Bronislaw und ich kommen nach unserer Mutter. Sobald morgens im Zimmer das Licht eingeschaltet wird, werden wir braun. Während Papa sich im Sommer auch nachts eincremen muss.

Papa war in diesen zwei Jahren mit seiner Posaune in Linz und Mama mit Broni in Istanbul. Fünf Tage die Woche unterrichtete Papa oberösterreichische Jungbauern und Stahlarbeiter in der Posaune.

Ich lag in der Gölsdorfgasse im Gästezimmer der Inneren Oma auf dem Boden. Meine blaue Kinderplastikposaune neben mir, an der Wand eine Postkarte meiner Mutter mit der Hagia Sophia oder mit orientalischen Eseln. *Kuss und ich sehne mich nach dir, Claude! Anne.*

Ich lag dort alleine. Wahrscheinlich habe ich damals schon für heute geübt. Ich lag auf dem Boden, gleichmäßig, wie Papa es mir beigebracht hatte. Gleichmäßig auf dem Boden liegen. Die Innere Oma aß sich ihrem eigenen Platzen entgegen, und ich lag gleichmäßig auf dem Boden. Ich war sechs oder sieben und übte die Zwerchfellatmung. Papa war nicht da, aber sein Übungsplan. Ich weiß nicht, ob alle Posaunisten ihre Kinder zu Posaunisten erziehen, mein Vater, der Posaunenlehrer, tat es.

Es ist ziemlich leicht, die Zwerchfellatmung zu üben. Du

legst dich auf den Rücken und platzierst die Unterschenkel rechtwinklig auf einen stehenden Stuhl. Dein Körper muss gleichmäßig auf dem Boden liegen, und die Arme werden nach oben gestreckt. In dieser Position atmet man normalerweise automatisch mit der Zwerchfellatmung. Der Brustkorb und die Schultern dürfen sich in dieser Position nicht heben. Gute Posaunisten beherrschen auch die Zirkulationsatmung. Sie können, ohne zu unterbrechen, einen konstanten Ton spielen, und das für eine sehr, sehr lange Zeit.

«Der ewige Ton», sagt Papa, ein Meister der Zirkulationsatmung. Der Trick besteht darin, durch die Nase zu atmen und gleichzeitig durch das Zusammendrücken der Backen den Ton zu halten. Ich habe mir die Zirkulationsatmung beigebracht, indem ich durch einen Strohhalm in ein halb mit Wasser gefülltes Glas blies. Ich habe, während ich durch die Nase einatmete und mit den Backen Druck ausübte, versucht, gleichmäßig den Druck und den Rhythmus beizubehalten. Dann habe ich es lange und gleichmäßig blubbern lassen. Deshalb kann ich heute auch so lange schmerzerfüllt schreien. Ein Meister des herzzerreißenden, zirkulationsatmenden Schreies.

Mama war weg. Nebenan, aber weg. Auf der anderen Seite der Wand aus Pressplatten. Ich konnte hören, wie sie mit Bronislaw sprach. Wie sie ging. Ihre Schritte. Wenn ich mein Ohr ganz dicht an die Wand hielt, konnte ich sie atmen hören. Meine schöne Mutter.

«Du, mein Arabischer Frühling», hatte Papa noch vor kurzem zu ihr gesagt. Vor einem oder zwei Jahren. Bevor der Arabische Frühling zum ewigen Winter wurde, bevor Mama *auf die Panflöte des Wilden setzte,* wie Papa es formulierte, als er noch mit mir sprach.

«Wie gut, dass unsere Wohnung auch früher schon zwei Wohnungen war», sagte Papa. «Dass wir zwei Eingänge haben.» Ich musste ihm helfen, die Wand einzuziehen.

«Früher war hier auch eine Wand, wir stellen eigentlich nur den alten Zustand wieder her», sagte er. «Ich hab früher auch nicht mit deiner Mutter zusammengewohnt, ich kannte Ruth früher nicht, auch da stellen wir nur einen alten Zustand wieder her.»

«Mich gab es früher auch nicht. Wollen wir *den* Zustand auch wiederherstellen?» Meine Frage hörte er gar nicht. Die Wand teilte unser altes Wohnzimmer in zwei Hälften. Der Klavierteil des Wohnzimmers war jetzt auf unserer Seite. Die Couch und der Fernseher waren bei Mama, Broni und dem Mann mit der bunten Mütze.

An die neue weiße Wand hängte Papa eine Zeichnung des Karikaturisten Rudi Klein. Sie heißt *Vor der Erfindung der Braut.* Man sieht einen Pfarrer vor einem Mann und einem großen Sack stehen. Der Pfarrer sagt zum Mann: «Das mit dem Ring können Sie sich sparen. Hiermit erkläre ich Sie zu Mann und Sack.»

Ich malte auch ein Bild. *Vor der Erfindung der Mutter.* Ein Kind steht vor einem Sack und reicht ihm ein selbstgemaltes Bild: «Hier, alles Gute zum Sacktag!»

Dieses Bild hängte ich in mein neues Zimmer. Eigentlich war es Bronis Zimmer. Wieso hatte ich nicht in meinem alten Zimmer bleiben können und Broni hier bei Papa? Wieso der Umzug? Wieso sprach niemand mit mir und bemühte sich, mir das alles zu erklären?

«Ich soll nicht mit dir sprechen», sagte Bronislaw im Aufzug. Neben ihm stand der Indianer.

«Das ist doch Blödsinn, Broni», sagte ich. «*Die* haben sich getrennt, wir doch nicht.»

«Mama meint, die Situation ist so kompliziert. Durchs Reden machen wir es nur noch schwerer. Wir sollen uns jetzt erst mal an die neue Lage gewöhnen, dann will sie weitersehen.» Bronis Augen konnte ich kaum sehen, seine Haare waren so lang, dass sie wie eine Haarburka sein Gesicht fast ganz verdeckten. Der Indio hatte wieder seine dämliche bunte Straßenmusikerarbeitsmütze auf. Er sagte kein Wort. Ich war mir nicht einmal sicher, ob er wusste, wer ich war.

«Ich heiße Claude», sagte ich deshalb zu ihm. «Ich bin der ältere Sohn Ihrer Freundin.»

Er schaute mich an, als wäre ich ein Musikstück, das für Panflöte nicht transkribiert war.

Der Aufzug hielt, die Tür öffnete sich. Der Indio ging raus, meinen kleinen Bruder an der Hand.

«Schönen Tag», rief ich Broni zu. Er hob leicht die Hand, die nicht in der Mayapranke lag.

Broni hätte fast Arjun geheißen, wegen Arjun Appadurai, dem Ethnologeninder, dessen *Geographie des Zorns* im selben Jahr erschien, in dem Broni geboren wurde. Zweitausendundsechs. Papa war es egal, schon bei mir hatte Mama den Namen ausgesucht. Papa fand *Claude* schwul, aber wegen Debussy in Ordnung.

«Ein Kompromissname für den Sohn eines Musikers und einer Ethnologin», sagte Papa. Bei Bronislaw musste Mama googeln, um Papa eine Brücke zu bauen.

«Bronisław Kaper, Wolfgang, klingelt's?»

«Nein, Ruth, ich habe keine Ahnung, von wem du sprichst.»

«Bronisław Kaper? Das polnische Wunderkind, ging nach Amerika, komponierte Filmmusik? Hallo? Bronisław Kaper?»

«Nie gehört.»

«Lassie? Held auf vier Pfoten? Und Meuterei auf der Bounty? Hat er komponiert, Bronisław Kaper!»

«Von mir aus», sagte Papa müde. «Wie werden wir ihn rufen. Bronislaw ist etwas lang, oder? Vielleicht Bro?»

Broni ist jetzt acht und eher der Surfertyp. Das sei seine Südseesehnsucht, wegen seines Namens, glaubt Papa. Sein Namensgeber war Bronisław Malinowski, Vater der Feldforschung. Er empfahl ausgedehnte Aufenthalte innerhalb der untersuchten Gruppen über einen langen Zeitraum hinweg. Danke, Malinowski. Du bist der Grund, warum ich immer wieder für lange Zeiträume auf meine Mutter verzichten musste. Feldforschung hieß für Malinowski und damit auch für seine Heldenverehrerin Ruth Raupenstrauch, geborene Camesina, *teilnehmende Beobachtung*. Der Forscher teilt über einen längeren Zeitraum das Alltagsleben der von ihm erforschten Menschen und beobachtet sie dabei. Mich erforschte inzwischen niemand, und Mama beobachtete mich auch nicht. Sie beobachtete anatolische Frauen in einer kleinen Gasse in Istanbul, alles war für sie interessant. Die enge Gasse ein Kosmos. Wie sie sich kleideten, wie sie grüßten, wie sie Wäsche wuschen, wie sie die Wäsche aufhängten, wie sie sich selbst wuschen, wie sie sich abtrockneten. Als käme sie vom Mars und alles wäre neu. So lief meine Mutter staunend durch Beyoğlu, Kamera und Block in der Hand. Wie sie sich schnäuzten, wohin sie die Taschentücher warfen, was mit den

Taschentüchern geschah. Wie sie Kinder auf die Welt brachten, welche Kosenamen sie fanden, welche Lieder sie ihnen vorsangen, damit sie einschliefen.

Ich lag währenddessen bei der Inneren Oma und starrte auf die blaue Plastikposaune.

Ich stellte mir damals oft vor, ich sei ein fremdes Volk, das sie erforscht.

Oder wie meine Mutter von den Anatolierinnen getröstet wird, weil ich ihr fehle.

Gegenüber von unserem Haus ist an einem Gebäude eine Tafel angebracht. *Hoher Markt 4: Im 15. Jahrhundert stand hier das Leinwandhaus, die Verkaufsstelle und Börse der Leinwandhändler und das Zunfthaus der Schuster, begrenzt vom Linnengässchen und der Schranne. Beide Zunfthäuser wurden im 16. und 17. Jahrhundert als Schuldenarrest und Richtstätte verwendet. 1861 entstand ein neues Gebäude, das 1877 von der Ersten Österreichischen Spar-Casse erworben wurde. Dieses fiel 1945 Bomben und Feuer zum Opfer und wurde 1949/50 durch die Erste Österreichische Spar-Casse aufgebaut, wobei die Camesinagasse (früher Linnengässchen) in die Baufläche einbezogen wurde.*

Mama war weg. Für mich. Einbezogen, wie die Gasse, die ihren Namen trug. Schon früher, wenn sie auf Ethnotour war, stand ich vor der Tafel. Später, als sie in der unerreichbaren anderen Seite der Wohnung wohnte, auch. Heute, wo sie ganz weg ist, will ich nicht mehr. Dirko sagt, das Leben sei chaotisch und ungerecht, aber immer passiert irgendetwas. Das sei wichtiger als Gerechtigkeit. Ich solle meine Augen offen halten, auch wenn ich eigentlich wegschauen möchte. Das Leben halte Überraschungen bereit, wenn auch vielleicht ausschließlich furchtbare. Vielleicht ausschließlich unpackbar furchtbare. Aber vielleicht wird es dem Leben irgendwann fad, nur zuzuschlagen, und plötzlich dreht sich ein Lüftchen und wird zu einem Wind, der dir von hinten den Rücken stärkt. Ich will, dass Dirko recht hat. Aber dem Leben scheint bisher nicht fad zu werden.

Aus Afrika brachte Mama mir später Handschuhe mit. Handschuhe aus Holz. Sie freute sich über ihr Geschenk, ich war ratlos. Als sie zurück zu ihren Feldforschungen nach Afrika fuhr, zog ich die Holzhandschuhe an und behielt sie tagelang an. Die Innere Oma musste mir die Zähne putzen, weil es mit den Holzhänden nicht ging. Selten war sie mir so nah gekommen, meine Großmutter. Sie roch nach Essen und Rauch. Ich hielt die Luft an, während sie mit der Bürste in meinem Mund herumrieb.

Da man mich weder essen noch rauchen konnte, hielt sich ihr Interesse für mich in Grenzen. Bis auf die handschuhbedingte Mundhygiene musste sie nicht viel tun. Ich beschäftigte mich still oder laut mit mir selbst, und am Samstag kam Papa, und wir verbrachten das Wochenende am Hohen Markt in unserer Wohnung. Es sei denn, Papa trat auf. Er hatte diese Band. Sie nannten sich *Let there Ba Rock.* Papa spielt nämlich auch die Sackbutt, eine Barockposaune, die seit der Renaissance gebräuchlich ist. Zum ersten Mal wurde sie bei der Hochzeit Karls des Kühnen erwähnt. Solche Dinge weißt du, wenn dein Vater Sackbuttist ist und dir ständig davon erzählt, weil er sonst nicht wüsste, was er mit dir reden soll.

Sie spielen zu viert, Händel, Telemann oder Musik von Leuten, die keiner meiner Musiklehrer am Theresianum kennt. Thomas Selle, Heinrich Schütz, Daniel Speer. Mein Sackbuttistenerzeuger tritt zumeist im Ehrbar-Saal auf, im vierten Bezirk, dort, wo Schönberg die Zwölftonmusik erfunden hat. Oder im kleinen Schubertsaal im Konzerthaus oder bei irgendwelchen Festivals. Da fühlt er sich als Rockstar, als urbaner Künstler. In Linz, in den muffigen Räumen der Bruckner-Uni, mit Schülern, die nach Heu riechen oder nach verbranntem Stahl, muss er sich auf die Donau denken, die vorbeifließt, irgendwohin, wo er sich wohl fühlen würde. So stelle ich mir seinen Alltag dort vor. Linz ist nur knapp zwei Stunden von Wien entfernt. Papa hätte ohne große Probleme jeden Abend nach Hause kommen können, aber er hatte in Linz *ein verbrunztes Zimmer*, wie er es nannte. In meiner Phantasie roch es wirklich nach Pisse, und Papa tat mir leid. Er kam nur am Wochenende. Dazwischen schlief er in bestialischem Gestank, vielleicht sogar in einem feuchten Bett, stellte ich mir vor.

Einmal, als der Inneren Oma die Eingeweide aus dem Nabel drängten, nahm er mich mit nach Linz. Der dicksten Oma Wiens hingen Dinge aus dem Bauch, die ich nicht zuordnen konnte. Sie schrie mitten in der Nacht, ich lief zu ihr, und sie sah aus wie etwas, das beim Fleischhauer in der Verkaufsvitrine ausgestellt wird. Ich rief den Notarzt an und sagte, meine Großmutter ist geplatzt. Im Krankenwagen saß ich die kurze Strecke bis ins Allgemeine Krankenhaus vorn beim Fahrer. In der Notaufnahme warfen sich die Ärzte Worte um die Ohren, die ich nie mehr vergessen kann. Austritt von Eingeweiden aus der Bauchhöhle. Durch eine Lücke in den tragenden Bauchwandschichten. Ein Eingeweidebruch. Bruchpforte, Bruchsack, Bruchwasser, Bruchsackhals. Dünndarmschlinge, Schlitz, frei bewegliche Organe. Bauchfelltasche, Leistenring, Gleitbruch.

Eine junge Ärztin erklärte mir, Mangelernährung bewirke oft eine Bauchdrucksteigerung und Bauchwandschwächung. Ich erklärte ihr, Mangelernährung sei nicht das Hauptproblem meiner Großmutter.

In der Nacht schlief ich auf einem Bett im Warteraum.

Ich wachte durch ein Geräusch auf. Hektische Stimmen. Auf einer Bahre lag eine schwarze Frau, die aussah, als sei ihr Kopf explodiert.

«Mach die Augen zu», sagte eine Nachtschwester zu mir. «Sie ist vor die U-Bahn geworfen worden, schau nicht hin. Irgendein Irrer, der uns für überfremdet hält.»

Ich zog mir die Decke über den Kopf.

Morgens kam mein Vater müde aus Linz, packte mich ein, und wir fuhren mit dem Zug nach Oberösterreich.

«Ist Oma auch tot?», fragte ich ihn.

«Wieso *auch*», antwortete er. «Nein. Sie haben ihr alles zurückgedrückt und sie wie eine Presswurst zugebunden, nehme ich an. Aber sie mussten operieren, weil diese Bruchbänder wohl zu nichts taugen. Sie haben ihr den Bauch geöffnet und befestigen alles mit einem Kunststoffnetz. Sie frühstückt bestimmt schon wieder, aber ein paar Tage muss sie schon dableiben.»

Im Zug saß in unserem Abteil eine Frau mit einer goldenen Handtasche, auf der ein Totenkopflogo aus silbernen Pailletten war. Sie telefonierte.

«Die Kitschbitch, die depperte. Sie ist gestorben. Wann? Warte. Wie heißt der depperte Feiertag noch mal? Zu Maria Gefängnis ist sie gestorben. Sie hatte einen hühnerfaustgroßen Tumor, die Kitschbitch.»

Ich sah aus dem Fenster auf die langweiligste Landschaft der Welt. Amstetten. Hier wäre man lieber unter der Erde, dachte ich.

«Papa, wenn Lebewesen sterben, sind sie dann Totwesen?», fragte ich. Mein Vater antwortete nicht. Er hörte Musik. Seine Kopfhörer waren riesig. Als hätte er sie einem Rapper gestohlen. Den Rapper mit seinem Spitzbauch in einen Hauseingang gedrängt, ihm die Kopfhörer vom Kopf gerissen und sich selbst auf den enthaarten Schädel gesetzt.

So kam es, dass ich die verbrunzte Wohnung meines Vaters zum ersten Mal sah. Ich hatte sie mir anders vorgestellt, nasser, und war beruhigt. Vielleicht war sie inzwischen trockengewohnt, es roch aber noch nach feuchtem Teppich.

«Der Führer baut den Menschen eine Stadt», sagte mein Vater, als wir vor dem Nachkriegshaus standen. Fünfziger Jahre. «Wohnungsnot schlägt Eleganz», sagte er.

Das Haus war trist. Im Foyer pickte auf einem Briefkasten ein Aufkleber: *Provinnsbruck.*

«Tiroler Trompetenstudent», erklärte mein Vater.

Die Bruckner-Uni war nah. Das war das einzig Gute. Seine Wohnung sah aus, als wohnte er noch und lebte noch nicht. Ikeaartige Möbel aus einer Vor-Ikea-Zeit. Als hätte er die ganze Wohnung einer rumänischen Rentnerin in Timișoara geklaut. Sperrholzromantik zwischen Wänden aus Asbest.

«Du schläfst auf der Couch», sagte Papa. «Die ist zu kurz für mich, aber für dich reicht's.»

Die Couch sah aus, als wären schon Generationen von Obdachlosen auf ihr verhungert und erfroren. Wenn das meine Mitschüler im Theresianum gesehen hätten, sie wären aus dem Schlagen nicht mehr herausgekommen. Sie hätten ihre in Manhattan gekauften ferngesteuerten Modellflugzeuge in mich gelenkt und wären traurig gewesen, dass ich keinen Zwilling habe. Wie jedes Musikerkind kenne ich den Witz von dem Musiker, dem vom Arzt eröffnet wird, dass er nur noch zwei Wochen zu leben habe, und der Musiker brüllt den Arzt an: «Und wovon?»

Ein Kirchenmauseloch. «It's not Hilton, but it's clean», sagte Papa, und ich war froh, dass wir die Wohnung umgehend wieder verließen. Papa hatte es eilig. Didaktik und Methodik. Vermittlung einer stabilen technischen Basis. Ensembletraining. Er nahm mich mit in die Hochschule.

Der Unterricht machte mich traurig. Der Raum sah aus, wie ich mir Seminarräume für Dickdarmkrebsvorsorge vorstelle. Papa sprach von den sieben Positionen des Zuges, und ich sah in den Gesichtern der posaunenden Studenten deren triste finanzielle Zukunft.

«Mit jeder Position verlängert sich das Rohr der Posaune», erklärte Papa seinen Anfängerstudenten, «und es ertönt der Ton einen Halbton tiefer. Weiter?»

Mein Vater zeigte auf einen bleichen, teigig wirkenden Dicken, der seine Jeans bis über den Nabel gezogen hatte.

Der Dicke dachte nach und räusperte sich. «Durch die Bedienung des Zuges kann die Posaune chromatisch gespielt werden», sagte er. «Deshalb sind mit der Zugposaune alle chromatischen Töne von E bis C2, beziehungsweise f2 spielbar.»

Das *ch* von *chromatisch* klang bei ihm, als rissen seine Stimmbänder. Arabisch. Er war offensichtlich Tiroler. Dirko hat mal gemutmaßt, dass die Araber damals nicht nur bis Andalusien gekommen sind, sondern bis ins Pitztal oder Stubaital. Nur so konnte er sich den Sound Tirols erklären.

Ich wusste, dass die Bruckner-Uni vergleichsweise niedrige Studiengebühren hat, das freute mich. Immerhin. Die Vorstellung, all diese jungen Posaunisten müssten sich verschulden, um später dann als Berufsposaunisten unterhalb jeder Armutsgrenze zu leben, hätte diesen verregneten Linzer Vormittag noch trüber erscheinen lassen.

Ich sah ihnen beim Bending zu, dem Biegen des Tons. Das beherrsche ich, seit ich vier bin. Das Bending wird durch das Zusammenspiel der Gesichtsmuskulaturen, den Druck der Atemluft, das Vergrößern oder Verkleinern des Mundraumes und die Spannung der Lippen gesteuert. Der Ton bewegt sich in sich. Die Studenten standen mit dem Gesicht zur Wand und bogen die Töne. Ein Bläser spielt beim Üben mit dem Gesicht zur Wand, weil er so den Ton besser hört. Deshalb schaut Üben immer aus wie Strafe: Die Bläser ins Eck.

Ich erkannte, dass der Tiroler seine Wangen etwas blähte. Ich schaute zu Papa, wir schüttelten beide leicht den Kopf. Die Wangen sollen nie aufgeblasen sein, das erschwert die Kontrolle über den Luftraum.

Sie machten mit der Bauchmuskulatur Übungen zur Stützung des Zwerchfells. Teile davon hatte ich in der Nacht zuvor aus dem Nabel meiner Oma drängen sehen. Die Posaune hat einen klaren und durchsetzungsfähigen Klang. Meine Oma würde nie mehr gut spielen können. Und der dicke Tiroler wahrscheinlich auch nicht.

«Embouchure», rief mein Vater, und acht Gesichter bewegten sich. Die Münder, die Kiefer, die Zungen, die Lippen.

«Die Lippen müssen gut durchblutet sein», sagte mein Vater. «Die oberen und die unteren.»

Die Männerrunde mit den Posaunen im Arm lachte. Ich war sieben und verstand so wenig wie mein armer Vater, warum.

«Wann kommt Mama zurück?», fragte ich ihn auf dem Weg zurück.

«Bald», sagte er.

Bald ist ein vertrautes Wort meiner Kindheit. Mama und *bald*, das Schicksal von Ethnologenkindern mit Müttern, die Malinowski ernst nehmen. *Bald* und ein Ort auf der Weltkarte. Istanbul, Peru, Afrika, Japan. Frauen in möglichst kleinen Gassen. Engste Biotope, das war die Landkarte, auf der meine Mutter sich bewegte.

Ich lebte bei meiner Inneren Oma und wartete auf meine äußere Mutter. Ich stellte mir vor, sie sänge die Kinder der Türkinnen, der Peruanerinnen, der Afrikanerinnen und Japanerinnen in den Schlaf und dächte dabei an mich. Vielleicht legte sie meinen Bruder neben die fremden Kinder.

«Es gibt weltweit eintausenddreihundert ethnische Gruppen und indigene Völker. In der Ethnologie geht es immer um Substanz und Wahrheit», erklärte mir Mama.

«Um Philosophie mit Menschen darinnen», sagte sie. «Um die Perspektive von innen, die emische Perspektive.» Sagte sie, während sie aus- oder schon wieder einpackte. Eine Mutter auf der Flucht für die Wissenschaft.

«Es geht darum», sagte sie, «die innere Wirklichkeit einer Kultur aufgrund ihrer mentalen und physischen Beziehungen und Handlungen zu würdigen, zu verstehen und zu erklären.»

Ich nickte ernst, bemüht darum, zu verstehen. Meine eigene innere Wirklichkeit nicht klitschnass aus den Augen kommen zu lassen.

«Oft», sagte sie, «werden besonders diejenigen Gesellschaften untersucht, bei denen davon auszugehen ist, dass sie vom Aussterben bedroht sind.»

«Muss ich auch sterben?», fragte ich meine Mutter.

Peruanische Straßenmusiker sind nicht vom Aussterben bedroht. Seit ich denken kann, stehen sie auf der Kärntner Straße. Mit Kindergitarren, Trommeln und Flöten.

Als die Wand schon hochgezogen war, als neben Papa und mir längst die *Sexrepublik Poncholand* (seine Worte) gegründet worden war, stellte ich mich an einem sonnigen Tag mit meiner blauen Plastikposaune vor den Stephansdom. Ich spielte, bis es dunkel wurde. Und wartete, dass Mama mich zu sich nach Hause holt.

Herodot schrieb über die so andersartigen Stämme im Norden und Osten der griechischen Halbinsel, Tacitus über die Germanen, Marco Polo über die Chinesen. Wenn meine Mutter weg war, stand ich in ihrem Arbeitszimmer, das später auf unserer Seite lag, und blickte auf die Buchrücken in ihrem Regal. Ibn Chaldun, Bernardino de Sahagún, Hans Staden, Thomas Hobbes, Joseph-François Lafiteau, Montaignes Buch über die Kannibalen, die Wiener Schule um Pater Wilhelm Schmidt, Leo Frobenius, Wilhelm Emil Mühlmann, Herders Ideen zur Philosophie der Menschheit, Georg Forster.

So oft habe ich mir in ihrem Arbeitszimmer Bilder von Menschen in fremden Ländern angesehen, dass ich mich auf der Straße in Wien fast über Weiße erschreckte.

In Zentralafrika leben die Aka und die Ngandu. Die Männer haben viele Bezeichnungen für Sex. Die häufigste ist *Kinder finden.*

So hieß unser Spiel. Ich versteckte mich in der Wohnung. Sie zog sich einen afrikanischen Kopfschmuck an und suchte mich. Wir spielten Afrika in Wien und lachten um die Wette.

Wenn sie am Schreibtisch saß und schrieb, betrachtete ich sie oft. Als wollte ich einen Vorrat an Bildern anlegen. Für die Not. Für schlechte Zeiten. Sie schrieb mit einer Füllfeder aus der Füllfederzentrale, einem altmodischen Geschäft im neunten Bezirk. Sie hatte nie angefangen, mit einem Laptop zu arbeiten, weil sie zu oft an Orten war, an denen es keinen Strom gibt. Sie schrieb in einer archaischen Form über archaische Gesellschaften. In Finnland lernen die Kinder schon nicht mehr, mit der Hand zu schreiben, sondern nur noch mit Computern, hat mir Dirko erzählt. Mama würde dort von Ethnologen beobachtet.

Sie saß sehr aufrecht. Wenn sie sich konzentrierte, legte sie ihren Zeigefinger in die Kuhle oberhalb der Nase. Beim Schreiben schien sie mit den Füßen bremsen zu wollen. Die Haare steckte sie hoch, mit einem japanischen Stäbchen, um sich besser konzentrieren zu können. Mit offenen Haaren war sie von sich selbst zu sehr abgelenkt. Ihr Schreibtisch stand am Fenster. Sie blickte auf den Hohen Markt, auf den Brunnen. Früher hätte sie auf Hingerichtete geblickt, weiß ich heute.

Überall im Zimmer standen Andenken von ihren Reisen. An der Wand hing ein Foto von mir. Das verstand ich nicht. Warum nahm sie es nicht mit, wenn sie auf Reisen war? Hier konnte sie mich doch in Fleisch und Blut haben?

Wenn sie weg war, saß ich auf ihrem Platz und sah mich selbst an der Wand hängen.

Das Bild hängt neben einem Regal, auf dem mein Lieblingsgegenstand steht. Ein Audioguide aus Tokio. Den hatte sie umgehängt, am elften März zweitausendundelf. Sie war damals für einen Forschungsauftrag drei Monate lang in Shinagawa, einem Bezirk von Tokio, auf Einladung des Institute for Research in Human Happiness. Broni war mit ihr gefahren, ich blieb bei der Inneren Oma.

Mama fand eine ideale kleine Gasse, fast ausschließlich von Koreanern bewohnt. Hier wollte sie langanhaltende Augenzeugenschaft pflegen. Die kleinen Koreanerinnen durch ihre Ethnolupe betrachten wie Insektenforscher Ameisenstaaten.

Nur, dass ich, Tausende Kilometer entfernt, gestochen wurde und Schmerzen spürte.

Ich weiß nicht, wer auf meinen Bruder aufpasste am elften März, als sie das Edo-Tokyo-Museum besichtigte. Sie hatte zu Mittag gegessen und war danach in das raumschiffhafte Gebäude gegangen. Sie hatte sich den Audioguide beschafft und die Tour begonnen. Gegen drei viertel drei betrat sie den Raum, in dem das Große Erdbeben von neunzehnhundertdreiundzwanzig thematisiert wird. Hundertfünfzigtausend Tote, ein Tsunami mit zwölf Meter hohen Wellen, Millionen Menschen obdachlos.

In der Mitte des Raumes befindet sich eine Holzbrücke,

unter der damals Menschen während des Bebens Zuflucht gesucht hatten. Mama stand vor der Brücke, als diese zu schwingen begann. Immer stärker. Im Saal wurde plötzlich geschrien, eine Japanerin riss meine Mutter um und zog sie unter die Brücke, von den Wänden fielen Rahmen, das ganze Gebäude schien sich zu schütteln, Glas zersprang, Sirenen heulten, die Japanerin zerrte weiter an ihr und brüllte: «Go! Go! Go!»

Sie lief über die Nottreppen, die sich unter ihr bewegten, das ganze, riesige Haus schien zu kippen, noch unschlüssig, in welche Richtung. Überall spitze Schreie, Vitrinen fielen, die Wände warfen alles ab, was an ihnen war. Mama erreichte den Ausgang, rannte auf die Straße in einem Meer aus Schrecken. Kanaldeckel schossen aus dem Boden, sie lief, den anderen folgend, auf eine Wiese, blickte zurück, sah das lebendig gewordene Museum, das sich tatsächlich wie ein Bäumchen bei Orkanstärke neigte, als würde es entwurzelt.

Als die Erde sich beruhigte, stand meine schöne Mutter inmitten der Wiese, den Audioguide um den Hals. Dann lief sie verstört nach Hause zu Bronislaw, der das große, neue Beben einfach verschlafen hatte. In ihrer Institutswohnung drückte sie auf «Play», und eine sanfte Stimme sagte: *«Das große Erdbeben von Tokio.»*

Ich hatte, anders als Broni, das Beben nicht verschlafen, sondern live im Fernsehen verfolgt. Neben der Inneren Oma, die ihre eigene Wohnung auffraß. Ich sah die Kernschmelze, die Lügner der Betreiberfirma Tepco, die Lügner der japanischen Regierung.

Starr vor Angst.

Zwei Tage später holten Papa und ich die beiden am Flughafen ab. Ich traute mich nicht, sie anzufassen, weil ich Angst hatte, sie wären verstrahlt.

«Willst du deine Mutter nicht umarmen?», fragte sie.

Ich schüttelte den Kopf und weinte.

«Wo wurden die Bauernführer gevierteilt», fragte Dirko.

«Am Hof», sagte ich.

Er nickte. Seine Augen blickten zufrieden unter dem Dach aus struppigen Augenbrauen hervor.

«Du bist wirklich gut. Hinrichtungstechnisch macht dir in Wien kaum wer was vor», sagte er. «Machen wir es ein bisschen schwieriger. Wer wurde achtzehnneunundvierzig auf dem Glacis vor dem Schottentor erschossen?»

«Die Mörder des Kriegsministers Graf Baillet von Latour.» Ich hatte das Hinrichtungsbuch *Orte des Grauens*, das er mir geschenkt hatte, verschlungen.

«Stimmt», sagte Dirko. «Wie haben sie ihn umgebracht?»

«An einer Gaslaterne erhängt», antwortete ich.

«Es ist schade», sagte er, «dass Hinrichtungen bei euch kein eigenes Schulfach sind. Du wärst der Klassenbeste. Der Klassenbeste in Hinrichtung.»

In der Schule las ich meinen Brief.

Ich bin ein unentdecktes Volk, Mama. Vom Aussterben bedroht. Für deine Notizen: Um sechs Uhr fünfzig bin ich aufgestanden. Papa klopfte, er ist öfter da, seit Mathilda bei uns wohnt. Sie schlief noch, ich ging leise aufs Klo. Ich setzte mich auf die Klobrille. Ich zog meine Vorhaut mehrmals über das Glied, um die letzten Tropfen Urin abzuschütteln. Ich ging ins

Bad, nahm meine neue blaue Zahnbürste aus dem Becher, gab Elmex drauf, putzte etwa zwei Minuten, spuckte den Schaum aus, spülte mit Wasser nach, wischte mir den Restschaum vom Mund, zog mir die Unterhose und mein japanisches T-Shirt aus, stieg in die Dusche, schäumte mich mit der Seife ein, die du aus der Türkei mitgebracht hast, dachte beim Duschen an die Kariesteufelchengeschichte, die du mir früher erzählt hast, wenn ich mir die Zähne nicht putzen wollte, stieg aus der Wanne, trocknete mich mit dem blauen Handtuch ab, erst die Haare, dann den Bauch, die Beine, den Rücken, den Po. Hängte das Handtuch auf den Wärmer. Föhnte meine Haare nicht, geföhnte Haare sehen dumm aus, band mir das Handtuch um die Hüfte, ging in mein Zimmer, vorbei an Papas Zimmer, hörte Mathilda leise kichern, hängte das Handtuch über die Lehne meines Schreibtischstuhls, der eigentlich Bronis Stuhl ist, zog mir den grauen Sweater an, eine frische Unterhose, die Jeans, grüne Socken, die Nikes, die graue Haube, ging in die Küche, die keine richtige Küche ist, weil die richtige auf deiner Seite der Wohnung liegt, aber wir haben einen Elektroherd und einen Kühlschrank. Abwaschen tun wir im Bad. Ich nahm mir ein Sojajoghurt Natur aus dem Kühlschrank. Wir essen gesund, seit Mathilda da ist. Sie hat eine Unverträglichkeit auf Kuhmilch, die blöde Kuh. Und ich lebe jetzt so, als hätte ich auch eine Unverträglichkeit. Dabei habe ich nur eine Unverträglichkeit gegen mein neues Leben. Ich vermisse dich.
Ich zog mir den grünen Parka mit der Fellkapuze an, einen Schal. Öffnete die Tür, schloss die Tür, stand vor deiner und Bronis Tür, hörte euch reden, der Indianer lachte laut. Ich versuchte, durch den Spion zu schauen, sah aber nichts. Ich streichelte eure Tür. Ich rief den Aufzug, hoffte irgendwie, dass

eure Tür sich öffnet. Der Aufzug kam, eure Tür öffnete sich nicht. Ich stieg ein, fuhr hinunter und stieg zu Dirko ins Taxi. Ich bin mein einziger langanhaltender Augenzeuge, Mama. Wenn es stimmt, Mama, dass Anthropologie Philosophie ist mit den Menschen darin, dann bin ich einer dieser Menschen darin.

In der großen Pause wurde ich von Luca, Jorek, Meo, Leland, Aurelius und Espen zusammengeschlagen, weil mein Vater arm ist.

1.2

Scharf, plötzlich, etwas beunruhigend.
Wie wenn man über einen Flokatiteppich läuft, sich statisch auflädt und einen elektrischen Schlag bekommt.

FEUERAMEISEN

Als Mama ganz weg war, schaute ich wochenlang auf ein Buch von Johann Jakob Bachofen auf ihrem Schreibtisch. Theorien zum Matriarchat. *Das Mutterrecht.*

Dass dieses Buch da war, sie aber nicht.

Papa hängte die Karikatur ab, und wir brachen die Wand wieder ein.

Ich betrat zum ersten Mal seit drei Monaten ihren Teil. Neu-Peru. In der Küche standen noch drei Tassen von ihrem letzten Frühstück. Sie hatte sich nicht verabschiedet. Ich suchte die Wohnung nach einer Nachricht für mich ab, aber da war nichts. An der Garderobe fand ich eine zerrissene rote Chullo aus Alpakawolle. Drei leere Tassen und eine kaputte Mütze.

«Das Ganze war ein Provisorium», erklärte Papa. «Patchworst.»

«Wo sind sie?», fragte ich.

«Ich weiß es nicht», antwortete er. «Ihr war es zu eng.»

«Ist sie wegen der Ente ausgezogen?»

«Nenn Mathilda nicht Ente, Claude.»

«Aber sie spielt eine Schnabelflöte!»

«Ich weiß nicht, warum deine Mutter so plötzlich ausgezogen ist. Freu dich doch einfach, dass du dein altes Zimmer wiederhast», sagte Papa. Er gab Mathilda, die mit frischgewaschenen Haaren und einem Handtuch über den Schultern in die Küche kam, einen Kuss, nahm die Posaune und verließ die Wohnung.

Mathilda nahm einen Kopfsalat aus dem Kühlschrank, hielt ihn unter den Wasserhahn und sagte: «Wusstest du, dass man Waschmaschinen zum Salattrocknen verwenden kann?»

Sie steckte den Salat in die Trommel und schaltete den Schleudergang ein.

Wir saßen danach am Küchentisch und aßen den Salat, der nach Omo schmeckte.

«Wollen wir zusammen ins Kino gehen?», fragte Mathilda.

«Weiß nicht. Musst du nicht üben?», fragte ich zurück. «Oder muss man Blockflöte nicht üben?»

Sie lächelte. Sie trug Boxershorts und ein weißes, ärmelloses Unterhemd.

«Doch, muss man. Du hast jetzt nicht im Ernst diesen Blockflöten-sind-Trottelflöten-Ansatz, Claude, oder?»

«Gibt's nur Waschsalat?»

Sie ignorierte meine Frage. «Schau», sagte sie. «Blockflöten kennt die Musikgeschichte seit sechshundert Jahren. In der Renaissance gab es überhaupt nur Werke für Blockflöten, wenn Flöten eingesetzt wurden. Erst im achtzehnten Jahrhundert wurde die Blockflöte von der Querflöte verdrängt.»

«So wie Mama von dir», sagte ich.

«Stell dir mal vor», fuhr sie fort, ohne auf meinen Einwurf

zu reagieren. «Anfang des zwanzigsten Jahrhunderts war die Blockflöte so in Vergessenheit geraten, dass Strawinsky sie für eine Art Klarinette hielt, als er zum ersten Mal eine gesehen hat!»

«Willst du mit mir ernsthaft über Blockflöten reden?», schrie ich. «Meine Mutter ist weg, und du erzählst mir was über Kinderholzspielzeug?»

Ich stand auf und zog meinen Mantel an.

«Erst durch Carl Orff ist sie wiederentdeckt worden», rief sie mir nach. Ich setzte mir die zerfetzte, bunte Indianermütze auf und warf die Wohnungstür zu.

«Du siehst aus wie ein rumänisches Flüchtlingskind», sagte die Innere Oma, als ich ihre Wohnung betrat. Es klang nicht liebevoll, wie sie es sagte.

«Mama ist weg», sagte ich. «Weißt du, wo sie ist?»

«Vielleicht», sagte die Innere Oma und griff nach der Zigarettenschachtel auf dem Couchtisch.

«Broni ist auch weg.»

«Ich weiß», sagte sie. «Pass auf, Claude. Wenn du gekommen bist, um mich über meine Tochter auszuhorchen, werde ich dich enttäuschen müssen. Ich denk mir meinen Teil, denk du dir bitte deinen, aber verschon mich mit diesem Kinderkram. Ich habe um siebzehn Uhr Labor, ich faste schon den ganzen Tag, ich habe hungriges Blut, sie werden es nur knurren hören bei der Untersuchung.»

Sie zündete sich eine Zigarette an und stand langsam von ihrem Fauteuil auf. Sie hüpfte kurz in die Höhe, damit sich ihre fleischigen Beine sortieren konnten.

«Broni geht's gut, und deine Mutter ist sehr verliebt», sagte sie keuchend. «Als ich deinen Vater kennenlernte, roch er unappetitlich nach Grünkohl und Wurst. So erdig, verfault. Ich wusste gleich, das wird nicht gutgehen. Wenn ich ihn spielen sehe, rieche ich durch seine Posaune den Grünkohl. Hast du schon mal Grünkohl gesehen, Claude? Der sieht aus wie vom Mars. Das sollten Erdenmenschen nicht essen. Hast du dich niemals gefragt, ob deine Mutter vielleicht deswegen so viel in der Welt unterwegs war, weil sie deinen Vater nicht mehr riechen wollte? Weil er stinkt?»

«Papa riecht nicht nach Grünkohl.»

«Sondern?»

«Ich weiß nicht. Er riecht nach seiner Linzer Wohnung. Nach Kleinheit, nach dem Wunsch, mehr zu sein. Papa riecht nach langweiliger Musik und der Hoffnungslosigkeit seiner Schüler. Du bist sehr ungerecht.»

Sie blickte mich scharf an.

«Kritik von Leuten unter vierzehn interessiert mich nicht», sagte sie und zog sich ihren Mantel an, in dem mehrere Flüchtlingsfamilien aus Rumänien Platz gefunden hätten. Dann scheuchte sie mich aus der Wohnung und ging ihr hungriges Blut ins Labor tragen.

Vor Bronis Volksschule in der Börsegasse stand der Lieferwagen einer Kärntner Schlacht- und Zerlegeanstalt. Um siebzehn Uhr schloss der Hort. Es stürmte. Ich zog mir die Chullo tief ins Gesicht. Neben mir las eine Mutter die *Zeit*, die ihr um die Ohren flatterte. Als läse sie während eines Rodeos auf dem Rücken eines Stiers, dem man die Hoden zugebunden hat, so kämpfte sie mit den Seiten. Die Kinder kamen aus dem Gebäude und liefen zu ihren Abholern. Broni war nicht dabei.

Die *Zeit*mutter begrüßte ihre Tochter, legte die Zeitung auf die Bank und ging, ihr Kind an der Hand. Die Zeitungsseiten wirbelten durch die Luft, eine blieb an mir kleben. Ich strich sie glatt und las: «Den Vandalen der Völkerwanderung wurde nachgesagt, sie hätten Denkmäler einer Kultur, die sie nicht begriffen, umgestürzt, um zu demonstrieren, dass sie auch etwas können.» Neben dem Text war ein Foto des Philosophen Sloterdijk, den ich schon oft beim Joggen am Donaukanal gesehen hatte. Er sah dann immer aus wie eine Aerobic-Queen aus den Achtzigern. Mit Stirnband und Spitzbauch wie mein Vater.

Der Wind verwehte den Schnee. Ich zog mir die afrikanischen Holzhandschuhe an. Sie wärmten nicht wirklich. Durch die Ritzen drang die Kälte. Eine Kälte, die wohl nicht das Hauptproblem in der Gegend ist, in der die Handschuhe hergestellt wurden.

Ich ging los, kreuz und quer durch den 1. Gemeindebezirk, passierte Hinrichtungsstätten überall und suchte auf der Kärntner Straße den Peruaner. Trotz des schlechten Wetters standen dort Marionettenspieler mit klappernden Händen, Fingern und Puppen.

Ein Pantomime mit leerem Hut, zwei Cellospielerinnen vom Konservatorium, sonst war nichts los. Den Indianern war wohl zu kalt. Oder vielleicht bekommen Straßenmusiker am Umzugstag frei.

Die Kälte betäubte meine Stirn. Ich warf die Mütze in einen Mistkübel und beschloss, ohne Mutter zu leben.

Und während ich diesen Entschluss fasste, war mir, als würde ein Terrier meinen Magen auffressen.

Dirko stand auf der Drei an seinem Halteplatz am Hohen Markt.

Ich klopfte an seine Scheibe, er öffnete die Beifahrertür.

«Was für ein Wetter», sagte er.

«Was für ein Leben», sagte ich.

Er nickte. «Das Leben kommt auf die verrücktesten Ideen», sagte er. «Ich habe gerade eben eine MS-Frau in die neurologische Ambulanz gefahren. Sie musste einmal die Handbremse ziehen für mich. Es war gut, dass sie nicht gleichzeitig mit mir ihre Nervenenden verloren hat.»

«Gehst du auch in diese neurologische Ambulanz?», fragte ich.

«Nein, ich hätte Angst, dass sie mir die Taxilizenz wegnehmen, Blue Jeans. Hier, trink.»

Er gab mir einen Becher dampfenden Tee. «Mit Inländer-Rum, also für dich», sagte er. «Hab ich dir erzählt, dass ich mal in Düsseldorf Taxi gefahren bin?»

Ich schüttelte den Kopf. Der Tee machte ihn warm.

«Da stieg ein Mann ein und sagte: Fahr mich ins Märchenland. Er war betrunken, und ich sagte, klar, ich fahr dich ins Märchenland. Kennst du den Weg ins Märchenland? Er sagte, sicher doch, ich wohne im Märchenland. Er sprach so rheinischen Singsang, als befände er sich beim Sprechen auf hoher See. Hinauf und hinab hat's seine Stimme getragen. Ich musste lachen, und der Betrunkene wies mir den Weg. Er schlief dabei immer wieder ein. Wenn ich ihn weckte, lallte er immer nur: Fahr mich ins Märchenland. Ich hatte das Gefühl, Alkohol und Träume hätten ihm diese Wunschadresse eingegeben. Dann kamen wir zu einer Brücke. Hinter der Brücke nach links, sagte der Betrunkene. Ich bog ab. In den Froschkönigweg, den Schneewittchenweg, den Frau-Holle-Weg. Das Märchenland gibt es wirklich, das ist eine Schrebergartensiedlung in Düsseldorf.»

Ich schwieg.

«Alles in Ordnung bei dir?»

«Meine Mutter ist ausgezogen. Sie hat sich nicht von mir verabschiedet. Heute Morgen war sie einfach weg.»

Dirko nahm mich in den Arm.

Die beiden vorderen Taxis waren weggefahren. Eine Frau im Pelz mit einem weißen Pudel stieg ein.

«Sehen Sie nicht, dass ich schon Kundschaft habe», sagte Dirko. «Außerdem fahr ich keine Pudel. Die wurden in Paris zur Kanalräumung benutzt. Ich will mir nicht das Taxi versauen!»

Die Dame stieg schimpfend aus, und Dirko startete den Wagen.

«Hast du schon etwas gegessen?», fragte er.

«Waschsalat.»

«Davon wird man nicht satt», sagte er. Wir fuhren ins *Anzengruber*. Er bestellte uns beiden je ein großes Gulasch. «Manche glauben», sagte er, «im *Alt Wien* gäb's das beste Gulasch. Das ist Glaubenssache. Besser ist wissen. Ich weiß, das beste Gulasch gibt es hier. Schade, dass man so eine Portion nicht zweimal essen kann.»

Tommy, der Wirt, brachte zwei Teller mit fast schwarzem Gulasch. Ich hatte noch nie ein so würziges und köstliches Gulasch gegessen. Mit Semmeln putzten wir die Teller strahlend weiß.

«Herrlich?», fragte er.

«Herrlich», sagte ich.

Dirko nickte. «Tommy kommt aus Kroatien», sagte er. «Aus Split. Er war im letzten Sommer auf Urlaub daheim und hat in einem Lokal getrunken. Fast jeder außer ihm war ein Kriegsverbrecher. Und die zwei, die keine Verbrechen begangen hatten, haben Kriegsverbrecher liquidiert. Sie haben darüber betrunken erzählt, als würden sie von Ferienerlebnissen berichten. Blut ist kein Wasser, sagt man bei uns. Einen Plavac, Tommy! Ich bin bei meinen Großeltern im Wald aufgewachsen, achtzig Kilometer von Belgrad entfernt. Mitten im Wald! Mein Vater hatte meine Mutter aus Eifersucht erschossen und war dann getürmt. Mit sechs Jahren hab ich das erste Mal ein anderes Kind gesehen. Vorher dachte ich, dass alle kleineren Lebewesen Nadeln haben und Blätter. Dann nahm mich mein Großvater mit in ein Dorf. So wie ich im Wald spazieren ging, mir die Vögel und Eichhörnchen anzusehen, so ging ich im Dorf herum, mir die Buben und Mädchen anzusehen. Mein Großvater sagte, Menschen sind Zweibeiner ohne Federn. Er liebte die Einsamkeit, weil er die Menschen kannte. Einmal hat er gesagt, wenn er sicher wüsste, dass jemand in sein Haus käme mit der festen Absicht, Gutes zu tun, dann würde er um sein Leben laufen.»

Dirko leerte sein Glas, Tommy brachte ihm noch eins.

Ich schaute auf ein großes Ölgemälde über unserem Tisch. Es zeigte, erklärte Dirko mir, Tommys Vater im Stil eines Ölbarons im Wilden Westen. An der anderen Wand hing ein Porträt des Namenspatrons Ludwig Anzengruber.

«Bring meinem Freund eine Schokopalatschinke», rief Dirko. «Du dünnes Hemd kannst es dir leisten, Blue Jeans.»

Er trank das zweite Glas in einem Zug.

«Zur Schule bin ich nicht gegangen, mein Großvater hat

mir alles beigebracht, auch Deutsch. Als der Balkan zu explodieren begann, wurde ich eingezogen. Sie kamen in den Wald und nahmen mich mit. Nach Priština. Da gab es eine rätselhafte Selbstmordserie von albanischen Wehrpflichtigen. Dutzende haben sich in der Kaserne umgebracht. Das müssen Künstler gewesen sein, sie haben sich nämlich alle selber in den Rücken geschossen; ich hab die Leichen gesehen.»

Tommy brachte ein weiteres Glas.

«Da war noch gar nicht offiziell Krieg. Tito hatte den Albanern Autonomie gebracht, Milošević hat das alles zurückgenommen. Sie durften ihre Sprache nicht mehr sprechen, albanische Ärzte wurden zusammengeschlagen, Professoren von der Uni geworfen, das albanische Radio haben sie gestürmt. Es gab eine Ausgangssperre. Versammlungsverbot. Schikanen, Gewalt. Albanische Schüler wurden zu Hunderten vergiftet, das ist keine Propaganda, ich hab's gesehen. Mit diesen Augen, Blue Jeans. Auf einem Feld standen drei elfjährige albanische Mädchen, die serbische Miliz ist gekommen und hat eine erschossen. Ylfete Humolli. Weil sie sich mit zwei Freundinnen auf einem Feld unterhalten hat! Wem kann so eine Versammlung Angst machen? Sie war jünger als du, Claude. Ich hab's nicht mehr ausgehalten. Ich bin desertiert. Ich versteckte mich bei Bauern. Deren Sohn war auch desertiert und hatte sich mit einem anderen Deserteur in der Universität Priština verschanzt. Die Armee umstellte das Gebäude, einen Tag lang haben sie sich gewehrt. Er hatte vierundsechzig Schusswunden, als sie ihn fanden. Sein Vater hatte Kehlkropfkrebs. Er sprach mit so einem Ding vor dem Loch im Hals, wie R2-D2 klang das. Ich schlief in dieser Nacht im Bett ihres durchlöcherten Sohnes.»

Er winkte Tommy. Ein neuer Plavac wurde gebracht und meine Palatschinke.

«Das war ein Völkermord, als hätten sich die Uhren tausend Jahre zurückgedreht.»

Er trank.

«Ylfete Humolli», sagte er. «Ich bin mit einem Fleischtransport geflohen, nach Österreich, wegen der Sprache. Zwischen gefrorenem Fleisch lag ich, der Bauer hatte mir alte Wolldecken geschenkt. Ich bin tiefgefroren angekommen. Innen. In Österreich las ich dann einen Kommentar von Peter Handke, er machte sich über das Leid der Albaner lustig, der selbsternannte Serbe. Als Jahre später Milošević in Belgrad beerdigt wurde, hat dieser Handke eine grauenhafte Ansprache gehalten. Als wäre er innendrin auch tiefgefroren. Es war das erste Mal, dass ich seit meiner Flucht wieder in Serbien war. Ich war der Einzige, der Handke auspfiff. Sie haben mich zusammengeschlagen, aber das war ich Ylfete Humolli schuldig!»

Tommy brachte ihm noch ein Glas. Dirko leerte es in einem Zug und verlangte die Rechnung. Wir standen auf, er wankte. Draußen schoss uns der Schnee ins Gesicht. Dirko schloss die Taxitür auf.

«Bist du sicher, dass du noch fahren kannst?», fragte ich ihn.

Er lächelte.

«Ich hab den Führerschein bei der Armee gemacht. Mein Fahrlehrer hat gesagt, wenn du betrunken bist, halt dich nicht am Lenkrad fest, sonst fährst du Schlangenlinien. Das Auto fährt geradeaus.»

Papa war noch immer in Linz, Mathilda war ausgegangen. Allein ging ich durch die stille Wohnung. Ich hörte die Heizung arbeiten. Dann trug ich die Matratze aus Bronis Zimmer in mein neues altes. Neben mein Bett stellte ich die Tasse, von der ich vermutete, dass Mama sie in der Früh benutzt hatte.

1.8

Ein ungewohnter, stechender, irgendwie intensiver Schmerz. Als ob jemand eine Heftklammer in deine Wange schießen würde.

KNOTENAMEISEN

Mathilda aß Sojajoghurt, und Papa schaute sie verliebt an.

«Es gibt eine Meditationstechnik», sagte Papa fröhlich, «die hab ich mal beim Steirischen Herbst gesehen. Ein Mann stand nackt auf der Bühne. Er hat sich nicht berührt, aber sein Schwanz wurde steif. Und dann ist er durch die Kraft seiner Gedanken gekommen. Er hat ejakuliert. Sein Samen schoss ihm quasi aus dem Kopf. Durch pure Konzentration. Genauso, Claude, geht es mir, wenn ich an Mathilda denke. Ich könnte durch die Kraft meiner Gedanken an sie jederzeit kommen.»

Ich schaute gequält auf mein Brot.

Mathilda lachte. Er hatte sie in der Bruckner-Uni kennengelernt. Sie studierte dort. Sie kam aus Paderborn und fand den Aufkleber auf ihrem Blockflötenkasten lustig. *Born in Paderborn.* Vierundzwanzig war sie und laut meinem Vater ein Feger.

«Ihr habt mir noch nicht gratuliert», sagte sie. «Heute ist der zehnte Januar. Der Tag der Blockflöte!»

Papa lachte und vergrub seinen Mund in ihrem. Er schien wirklich glücklich zu sein.

Am Küchenfenster klebten Eisblumen. Von Mama hatte ich nichts gehört.

Wir tranken aus den drei Tassen, die sie zurückgelassen hatte.

«Komm mal her, Claude.» Papa stand auf und ging zum Türstock. Dort hatten wir immer unsere Körpergrößen markiert. Bronistriche, Claudestriche. Darüber ein Strich für Mama, einer für Papa.

«Vermessen wir dich mal wieder», sagte er. Ich stellte mich dicht an den Türstock, er legte ein Buch von Walter Kempowski auf meinen Kopf. «Ich ansage dir frisch», zitierte er den Rostocker Familienchroniker, seinen Lieblingsschriftsteller.

«Keine Veränderung. Du bist exakt gleich groß wie bei der letzten Messung», sagte Papa. «Kriegst du nicht genug zu essen?» Er notierte mit einem Bleistift: *10. Jänner 2014. Tag der Blockflöte, Claude.* Auf gleicher Höhe stand in Mamas Handschrift: *Claude, 12. September 2013. 13. Geburtstag.*

Das war vor vier Monaten gewesen.

«Fährt dich wieder der serbische Spastiker in die Schule?», fragte Papa.

«Er ist kein Spastiker, Papa. Er hat MS.»

«Na, dann. Gute Fahrt mit der MS Belgrad.»

Im Treppenhaus traf ich den verrückten Deutschen mit dem unsteten Blick, der einen Stock unter uns wohnte. Er studierte Geschichte, und bis wir bei der Haustür angekommen waren, hatte er mir erzählt, dass er ein Reisender sei und *reisen* auf Germanisch *räubern* und *plündern* heiße und dass im Dreißigjährigen Krieg bis zu fünfundvierzig Prozent der Bevölkerung gestorben seien. Er trug einen roten Schal und einen Opa-Siegelring, obwohl er erst Mitte zwanzig war. Als wir auf die Straße traten, sah er mich ernst an.

«Das Gehirn ist da, damit man beim Denken denken kann.»

Er hieß Kleefisch und machte mir Angst.

«Kleefisch ist ein ordentlicher Spinner», sagte Dirko über unseren gemeinsamen Nachbarn. Ich nickte und schaute auf die Peterskirche, die Opus Dei gehörte, hatte Papa gesagt.

«Willst du eine Papaya? Gut gegen Krebs», sagte Dirko und reichte mir ein Stück. «Rote Beeren sind auch gut, aber da ist mir der ökologische Fußabdruck zu klein.»

Er lachte. Seine Augenbrauen bewegten sich dabei, als führten sie ein Eigenleben.

Vor dem *Café Central* standen schon jetzt in der Früh die Leute Schlange. Es gibt in Wien so viele bessere Kaffeehäuser, aber das *Central* steht in den Reiseführern, und auch das klitzekleine *Hawelka.* Wo man sitzen muss, wenn man in Wien ist. Das eine überteuert, das andere überfüllt. «Wenn der Qualtinger früher im *Hawelka* saß, wurde es für einen zweiten Gast schon eng», hatte Papa gesagt, der in den Achtzigern gerne dort war, weil er sich als Künstler fühlte und die Künstler damals ins *Hawelka* gingen. «Gegen Qualtinger hätte ein Nilpferd wie Kate Moss gewirkt», sagte mein Vater, dessen Body-Mass-Index auch schon bessere Zeiten gesehen hatte.

Hofburg, Spanische Hofreitschule, Josefsplatz, Albertina, Staatsoper. Das prächtige Wien. Ein Plakat annoncierte die Velazquez-Ausstellung, die im Oktober eröffnet werden sollte.

«Velazquez war Hausmeister beim spanischen König», sagte Dirko. «Weil Maler nicht als Künstler angesehen wurden in Spanien. Dichter und Musiker schon.»

«Hausmeister?», fragte ich. «Musste er Glühbirnen auswechseln?»

«So was in der Art», antwortete Dirko. «Aber die hatten damals noch nicht diese grässlichen Sparbirnen, bei denen man sich gleich auch noch die Augen sparen möchte.»

Ringstraße, Karlsplatz, Naschmarkt, in der Schleifmühlgasse am Anzengruber vorbei, Favoritenstraße. Hier war meine Schule.

Das Theresianum, siebzehnhundertsechsundvierzig von Kaiserin Maria Theresia gegründet, ist ein riesiger Barockkasten. Ursprünglich war das das Lieblingssommerschloss ihres Vaters, Kaiser Karls des Sechsten, darum heißt es auch die Favorita.

Junge Menschen aus den besten Familien sollten zu Beamten, Offizieren und Diplomaten erzogen werden, viele ehemalige Schüler wurden Minister und Regenten. Alfons von Kastilien ging hier zur Schule, er wurde später König Alfons der Zwölfte von Spanien, ebenso der spätere Großwesir von Ägypten, Abbas Hilmi Pascha, oder der Meeresforscher Hans Hass.

Als ich Dirko diese Passage aus meiner Schulbroschüre vorlas, sagte er: «Hans Hass? Kann man jemanden lieben, der Hans Hass heißt?»

Biologen, Theologen, Ökonomen, Niki Laudas Opa Hans, der antisemitische Wiener Bürgermeister Karl Lueger und der Schauspieler Christoph Waltz. Alle waren Theresianisten.

In diesem Haus gibt es nur 2 Arten von Protektion: Charakter und Leistung, las ich vor, und: *Pflichterfüllung aus innerer Überzeugung, lautet unser Leitgedanke.*

Aufs Theresianum zu gehen bedeutete für mich, verprügelt

zu werden. In meiner Klasse bietet nur sozialer Rang Protektion, da kannst du Charakter und Leistung zum Saufüttern haben.

Papa war der Meinung, es wäre für mich von Vorteil, mit den Kindern «höchster Kreise» aufzuwachsen. Später könnte ich davon nur profitieren. Wäre Papa ein Posaunisten-Weltstar, wäre diese Idee vielleicht aufgegangen, aber in den Augen meiner Mitschüler war er auch nicht mehr wert als Mamas Straßenmusikerfreund.

Und ich war somit ein Nietenkind. Uns fehlte alles, Häuser, Besitztümer, Limousinen, Opernball-Logen. Ich wurde wie ein Körperbehinderter behandelt, nur dass mir eben keine Körperteile fehlten, sondern Geld. Manchmal warfen die anderen Münzen in meine Haube und lachten. Ich führte wirklich ein Leben wie Mamas Freund, nur dass ich weder Spanisch noch Panflöte konnte.

«Morgen, Spacko», rief Espen und gab mir eine Kopfnuss.

Espens Vater war Papierindustrieller. Sie hatten Wälder in der Steiermark, in Kanada und Finnland. Als ich las, dass es immer weniger gedruckte Zeitungen auf der Welt gibt, weil die Digitalisierung so stark voranschreitet, freute ich mich kurz, bis Espen lautstark verkündete, sein Vater habe einen Riesenauftrag aus China bekommen.

«Klopapier», rief Espen, «die Chinesen sind auf den Geschmack gekommen. Die Schlitzaugen haben sich früher die Kacke mit den Händen rausgeholt, jetzt nehmen sie unser Papier. Mein Vater verwandelt Scheiße in Geld. Eine Milliarde Ärsche. Die wischen, wir cashen!»

Und mein Vater spielte Posaune.

Espens Eltern hatten eine Villa auf Mystique, erzählte er.

Ich hatte noch nie von dieser Insel gehört, die klang wie ein fiktives Eiland aus «Fluch der Karibik». Es gibt sie aber wirklich. Ich habe im Netz nachgeschaut, nur heißt sie Mustique, mit u, aber das war Espen wohl egal. Ein Milliardärs-Eiland in der Karibik, wo Millionäre als Hausmeister arbeiten müssen. Jeden Tag wurde für Espens Chinesenarschfamilie dort groß aufgetischt, Luxusessen, für den Fall, dass sie überraschend zu Besuch kämen. «Aber wir kommen höchstens mal für eine Woche im Jahr. Die kippen dann den ganzen Scheiß ins Meer, weil den Angestellten verboten ist, unsere Lebensmittel zu fressen!» Espen lachte.

Auch Lelands Familie besaß auf der ganzen Welt verstreut Häuser. «Wisst ihr, die haben alle einen Sicherheitscode. Dad hat einen eigenen Sklaven in Paris sitzen, der die Liste mit den ganzen Codes verwaltet», sagte Leland. «Wenn Dad bei einem unserer Anwesen ankommt, ruft er den Pariser an, und der gibt ihm den Code durch. Aber Dad hasst diese französische Schwuchtel, deshalb geht er inzwischen auch in Städten, in denen wir Häuser haben, lieber ins Hotel.»

«Versteh ich», sagte Espen. «Wir haben auch einen Riad in Marrakesch, in dem wir noch nie waren. Sei froh, Spacko, dass du Bettler bist. Mit der Verantwortung, irgendwas zu besitzen, kämst du gar nicht klar.» Er drehte sich zu mir um und schlug mir aufs Ohr.

Im ersten Jahr am Theresianum, dem Beginn meiner Hölle, war Papa bei der Direktorin vorstellig geworden, um ihr von meinem Leid zu klagen.

«Ja», sagte sie, «das wissen wir. Es tut mir leid. Soziale Verwahrlosung geht oft einher mit Reichtum. Sie schlagen Ihren

Sohn aus einem vermeintlichen Recht des Stärkeren heraus. Aber sehen Sie, mir sind da ein wenig die Hände gebunden. Wir leben von diesen Kids.»

«Ich würde ja gerne darauf vertrauen können, dass mein Sohn hier überleben kann», sagte Papa.

Die Direktorin nickte verständnisvoll.

«Gestorben ist hier noch niemand», sagte sie.

Meine Eltern waren sich sicher, dass meine Probleme mit der Zeit abnehmen würden. Wenn sich die anderen erst einmal an meine Armut gewöhnt hätten, würde es mit dem Terror aufhören, davon gingen sie aus. Aber weil die Schere zwischen Arm und Reich immer größer wurde und meine Mitschüler auch, wurden die Schläge immer härter.

In der Pause zog ich es deshalb vor, in dem großen Park des Theresianums, zwischen dem Beachvolleyballplatz und dem Rasentennisplatz, versteckt hinter dem Steinpavillon auf einer Bank zu sitzen. Im Sommer und im Winter.

Ich verfluchte mein Stipendium. Wie schön wäre es gewesen, wenn ich nie aufgenommen worden wäre. Ohne das Stipendium hätten sich Mama und Papa die Scheißschule für mich niemals leisten können.

Hartzer nannten sie mich, *Opferopfer, Minus, Schulsandler* und *Fickfehler einer Kirmeshure,* seit wir David Foster Wallace in der Schule gelesen hatten. *Urvollpfosten,* ich sei *zu dumm, um aus dem Bus zu winken.*

In einem von Mamas Büchern las ich über Prüfungen von Heranwachsenden nordamerikanischer Stämme, die wochenlang nichts essen und ihre körperliche Erschöpfung sogar noch bewusst durch das Einnehmen von Brechmitteln verschlimmern. Alles kann Vorwand sein, das Jenseits herauszufordern, stand dort. Langes Baden in eiskalten Gewässern, freiwillige Verstümmelung an einem oder mehreren Fingern oder Zehen, Verletzung bestimmter Sehnenhäute durch das Einführen von spitzen Bolzen unter den Rückenmuskeln, an denen sie mit Seilen schwere Lasten befestigen, die sie so zu schleppen versuchen. Sie erschöpfen ihre Kräfte mit sinnlosen Arbeiten, zum Beispiel, indem sie sich alle Körperhaare einzeln ausreißen oder an einer Tanne sämtliche Nadeln von den Zweigen zupfen, bis der ganze Baum kahl ist.

Auf meiner Pausenbank im Theresianum forderte ich auch das Jenseits heraus. Ich zupfte an der Tanne, die neben der Bank stand, bis sie nackt war. Mein Diesseits wurde nicht besser.

Frau Professor Wörndl war unsere neue Biologielehrerin. Sie war Ende zwanzig und geil, wie Aurelius sofort sagte, als sie den Klassenraum betrat.

Mich erwischte sie in der Pause, nadelzupfend.

«Bist du verhaltensauffällig oder hast du eine Allergie gegen Tannen?», fragte sie. «Ich wusste nicht, dass das Waldsterben ein Gesicht hat. Deins, Claude.»

Sie erzählte in der nächsten Stunde von mir, und ich hatte einen neuen Namen weg. Der *Waldsterber*. Oder auch *Waldschrat. Claude hängt an der Nadel*. Der *Baumjunkie*.

Ab jetzt verfolgten sie mich in der Pause bis zum Steinpavillon. Sie zwangen mich, Nadeln zu essen.

«Deine Währung», sagte Espen. «Friss und zitter wie mein Laub!»

Dirkos Wohnung war deutlich kleiner als unsere. Höchstens vierzig Quadratmeter, schätzte ich. Zimmer, Küche, Bad.

Auf seinem Küchentisch lagen Reisepässe. Viele.

«Smbat Smbatjan», fragte ich, als ich seinen armenischen Pass durchblätterte.

«Den Namen hat sich Wachtang für mich ausgedacht», antwortete Dirko, während er uns einen Tee machte. Er stand unsicher auf seinen MS-Beinen.

«Wachtang Dartschinjan, kennst du ihn? Einer der besten Boxer, die Armenien jemals hervorgebracht hat. Fliegengewichtler. Wachtang lebt heute in Australien, da hab ich ihn kennengelernt. Er hat mir den Pass besorgt. Ich musste damals schnell weg. Ein schöner Pass, findest du nicht? Dieses Blau mit dem goldenen Löwen und dem Goldadler?»

Ich nickte. «Hier steht, du bist in Wanadsor geboren worden?»

«Als Armenier schon. Als Serbe natürlich nicht.»

Er lachte.

«Gut, dass ich im serbischen Wald aufgewachsen bin. Wanadsor ist keine Perle Gottes, das hat er eher aus den Abfällen hergestellt. Chemie und Maschinenbau. Neunzehnhundertachtundachtzig sind in der Provinz fünfundzwanzigtausend Menschen bei einem Erdbeben gestorben. Ich bin als Armenier nach Dänemark gezogen. Zwei Jahre war ich Taxifahrer in Kopenhagen. Hier.»

Er zeigte mir seinen dänischen Pass. Storm Pontoppidan hieß Dirko als Däne.

«Den Namen hab ich mir selber ausgesucht, auf dem langen Flug von Sydney nach Kopenhagen. Henrik Pontoppidan hat mal den Literaturnobelpreis gewonnen, der Name gefiel dem Armenier in mir. Ich war gern Däne, Blue Jeans. Wirklich. Angenehmes Volk, die glücklichsten Europäer. Schließt sich ja eigentlich aus, Protestantismus und Glück. In Bhutan gibt's ein eigenes Ministerium für Glück. Ich war mal bei einem Interview eines Beamten mit einer Frau in einem Bergdorf dabei. Sie überlegte sehr lang, was sie antworten sollte, was Glück für sie sei. Rate mal!»

Ich schüttelte meinen Kopf. «Keine Ahnung», sagte ich. «Wo liegt Bhutan überhaupt?»

«Deine Mutter ist Ethnologin, und du kennst die Welt nicht? Bhutan liegt zwischen China und Indien. Hier!»

Er zeigte mir sein Handy.

«Der Handymast in ihrem Dorf bedeutet Glück für sie. Na ja, wahrscheinlich hat sie noch nie auf ihre Telefonrechnung geschaut.»

Er brachte den Minztee an den Tisch und schüttete orientalisch ein, aus großer Höhe, dass der Tee schäumte.

«Der Glücksbeamte würde bei dir im Moment Probleme bekommen, stimmt's?»

Ich schwieg und trank meinen Tee.

«In Bhutan steht das Recht auf Glück in der Verfassung. Aber Papier ist geduldig. Der Beamte hat dann auch eine alte Frau interviewt. Sie lebte alleine, ihre Kinder waren weg, es ging ihr nicht gut. Sie war einsam und traurig. Der Beamte fragte sie, ob sie sich umbringen wolle und wenn ja, wie. Erschießen, Pulsadern, Brücke. Er hatte einen vorgefertigten Fragebogen für Depressive dabei und hakte ab. Bei denen ist Selbstmord auch ein Weg, vom Unglück wegzukommen. Der Glücksbeamte hat ihr völlig emotionslos direkt dazu geraten!»

Dirko gab vier Löffel Zucker in seine Tasse.

«Gut, die sind Buddhisten und glauben an Wiedergebu
Da macht hin und wieder ein Selbstmord nichts, du kommst ja wieder. Aber ich bin kein Buddhist. Deshalb finde ich Selbstmord falsch, Claude. Selbstmord verhindert nicht nur das Schlechte, sondern auch das Gute. Selbstmord ist falsch eingesetzte Energie. Wir sterben ja eh. Das ist Vergeudung von Energie. Das ist wie Putzen, bevor die Putzfrau kommt, so etwas tut man nicht.»

Er nahm seine Hand zu Hilfe, um die Beine übereinanderzulegen.

«Weißt du, Claude, du bist nicht alleine, was Arschlöcher in der Schule betrifft. Als ich Schweizer war, bin ich nach Costa Rica ausgewandert. Die Temperaturschwankungen in Europa haben mich fertiggemacht. In Dänemark hängt der Himmel so tief, dass du Gott in die Nasenlöcher schauen könntest, wär's nicht so bedeckt. Nordseeschwerer Himmel.»

«Wieso Schweizer?»

«Schweizer zu sein hat Vorteile. Vom Mond aus betrachtet sind Nationalitäten vielleicht egal, aber auf der Erde nicht. Ich hatte die Chance, bei diesem Schweizer zu arbeiten, er stellte aber nur Schweizer ein. Kein Problem für Storm Pontoppidan. Beim Fußball spricht man von Passspiel, das beherrsche ich auch. Brauchst du eine neue Identität, Claude? Willst du Brasilianer werden? Kongolese?»

«Nein, ich würde ja eh nur mich selbst mitnehmen, ich würde ja kein anderer Mensch werden.»

«Aber die anderen sehen dich mit neuen Augen. Als Schweizer bekam ich sofort einen seriösen Anstrich. Die Leute wissen, dass du in Zürich achtzehn Franken für einen Gin Tonic zahlen musst, da wirkst du gleich zahlungskräftig.»

«Außer, du bist Alkoholiker», wandte ich ein.

«Ja, aber das steht ja nicht im Pass. Noch nicht. Das müssen diese lustfeindlichen Brüsseler erst noch einführen.»

«Eins versteh ich trotzdem nicht, Dirko. Dein Schweizerdeutsch klingt eher wie eine dänisch-serbisch-armenisch-holländische Mischung, das musste denen doch aufgefallen sein.»

«Sprache verändert sich dadurch, dass die Menschen wandern, Claude. Die Deutschen glauben immer noch, alle Wiener klingen wie André Heller, dabei wissen wir, dass sie so klingen wie der Fußballer Marco Arnautović. Goethe wäre auch überrascht, was der Rapper Haftbefehl unter Deutsch versteht. Das ist in der Schweiz nicht anders. Die sind auch ein Melting Pot, nur ohne die coolen Aspekte. Warst du mal in Zürich? Deren übergeordnete Nationalität ist Geld. Egal, woher sie kommen. Selbst der ärmste Junkie vom Blattspitz wäre der Prinz von Puerto Viejo de Talamanca.»

Ich blickte ihn fragend an.

«Das ist in Costa Rica. Dort war ich Res Moos, der Schweizer Taxifahrer. Ich habe Touristen gefahren, die in den Ferien als Hippies verkleidet waren, und Chinesen, die das ganze Land aufgekauft haben. In Puerto Limon fuhr ich Drogenbosse aus Nicaragua und El Salvador und hirnamputierte Ökos aus Amerika, die ein Stückchen Regenwald retten wollten. Dabei ist das Land eh schon ein einziger Nationalpark. An der Pazifikseite sind Giselle Bündchen, die Red Hot Chili Peppers und die Surf-Amis, auf der Karibikseite war ich. Das ist die afrikanische Seite. Die Schwarzen haben dort so etwas wie eine eigene Republik gehabt. Freigelassene Sklaven, die in völliger Anarchie gelebt haben. Nach dem Ende des Bananen- und Kaffeebooms wurden sie einfach zurückgelassen. Aber sie durften sich nicht frei im Land bewegen, bis neunzehnhundertneunundvierzig, deswegen haben sie hier ihre eigene Kultur aufgebaut. So ähnlich wie Österreich vor dem Fall des Eisernen Vorhangs. Wie Japan. Ab vom Schuss. Kolumbus lag da vor Anker, aber die Spanier mieden diesen Teil des Landes lange, wegen der steilen Berge, der Sümpfe, der Moskitos. Schwarze und Indios lebten dort, und in den Siebzigern kamen eben Schweizer dazu. Geile Mischung. Käse, Kiffen, Krokodile. Die Schweizer sind ja von Natur aus entschleunigt, die Schwarzen brauchen dafür Joints, aber irgendwann sind sie sich alle mit der Geschwindigkeit von Wanderpalmen auf der Straße begegnet. Oder sogar noch langsamer.»

«Wanderpalmen?»

«So nennen sie die Leute da. Eine Palme mit Beinen. Sie bewegt sich, wenn sie im Schatten steht, hin zur Sonne. Ein paar Zentimeter pro Jahr. Ja, die Schöpfung hat sich in Costa Rica ausgetobt. Mehr Faultiere als Polizisten, mehr Glasfrösche als Biergläser. Hast du mal einen Glasfrosch gesehen, Blue Jeans? Die sind durchsichtig, und du kannst ihr kleines Herz sehen. Wie bei dir. Da sieht man es auch, obwohl du angezogen bist.»

«Die in meiner Schule auch?»

«Die Klopapiergang? Ich erzähle dir mal was. Ich war in einer ehemaligen Kakaoplantage wandern, damals wusste mein Körper noch nicht, was ihn erwartet.» Er beugte sich zu mir. «Ich passte auf die Bullet Ants auf, das ist etwas, was du im Regenwald sehr schnell lernst. Auch wenn es glitschig ist und steil, halt dich nicht an Baumstämmen und Ästen fest. Dort lauern sie. Ein Stich, und es ist, als hätte man dir aus kurzer Entfernung auf diese Stelle geschossen. Ich war im Krieg. Ich weiß, dass der Vergleich stimmt. Hier!»

Dirko zog sein Hemd hoch und zeigte mir eine Narbe an der Seite seines Bauches. Die Haut war um einen kleinen Krater herum nach innen gewölbt.

«Man hat auf dich geschossen?»

Er nickte. «Wo ich herkomme, ist das nichts Besonderes. Verrückt», sagte er. «Costa Rica hat 1949 das Militär abgeschafft und stattdessen das Geld in Bildung gesteckt. Das fanden die Militärdiktaturen ringsherum natürlich total schwul, die freuten sich. Heute ist Costa Rica allen anderen meilenweit voraus. Das hat mir auch gefallen an meiner neuen Heimat, das wirst du verstehen. Wenn du vom Balkan kommst, erwartest du nichts Friedliches auf dieser Welt. Im Großen ist Costa Rica friedlich, aber im Kleinen nicht. In der Natur lauern Moskitos, Schlangen und eben die Vierundzwanzig-Stunden-Ameisen, so heißen die Bullet Ants da unten, *hormigas veinticuatro,* weil der unerträgliche Schmerz vierundzwanzig Stunden lang andauert. Die Biester haben also gleich zwei angsteinflößende Namen. Es bleiben aber keine Schäden zurück, anders als am Balkan damals.»

Er schenkte sich ein Glas Plavac ein. Plavac und Vranac, das waren seine Getränke, Minztee war es offenbar nicht.

«Es goss plötzlich wie aus Kübeln, Blue Jeans», fuhr er fort. «Damit musst du dort immer mal rechnen. Es ist ein feuchtes Paradies. Ich stellte mich unter einen Sombrilla de Pobre, einen Regenschirm für Arme, so nennen sie die Blätter der Riesen-Rhabarber. So was bräuchten die in Hamburg auch. Gratis-Regenschirme der Natur. Unter dem Blatt lernte ich Ulloa kennen. Er war damals ungefähr so alt wie du heute. Ein Bribri. Kaute auf irgendeinem Gras, das den Körper gegen Moskitostiche immun macht, und hatte eine geschwollene

Wange. Als hätte er einen brutalen Zahnarzt gehabt. Waren aber seine Mitschüler. Indios werden von den schwarzen Kids systematisch verprügelt. Stell dir vor, Ulloa musste jeden Morgen zweieinhalb Stunden durch den Urwald zur Schule gehen mit der Gewissheit, dort Schläge zu bekommen. Für die Schwarzen war das Verprügeln von Indios *mas tico que gallo pinto*, also landesüblicher als Reis mit Bohnen; was anderes gibt es in Costa Rica eigentlich nicht zu essen.»

«Krass», sagte ich. «Ich lebe wie ein Indio. Das würde Mama vielleicht gefallen.»

«Blödsinn, natürlich will sie nicht, dass man dich schlägt, Blue Jeans. Hat sie dich je geschlagen? Nein, sie ist ja nicht der Papst. Der ist dafür, Kindern Ohrfeigen zu geben, dem würd ich nicht meine zweite Wange hinhalten. Und Ulloa hab ich das auch klargemacht. Ist dir schon mal aufgefallen, wie die Typen heißen, die in Wien auf den Plakaten für Kickboxkämpfe werben?»

«Die heißen wie du in echt.»

«Richtig. Das sind fast alles Serben. So wie ich. Am Balkan hätte sogar Gandhi Kampfsport machen müssen.»

«Warum erzählst du mir das?»

«Warum ich dir das erzähle? Erkläre ich dir im Trainingscamp.»

Am nächsten Tag zeigte er mir seine Hütte an der Donau.

2.0

Heftig, intensiv und irgendwie knackig.
Als würde einem die Hand in einer Drehtür eingeklemmt.

KURZKOPFWESPEN, DOLICHOVESPULA MACULATA

Die Hütte war eigentlich ein richtiges kleines Haus am Handelskai. In der Nähe des Yachthafens, im Niemandsland zwischen den Bahngleisen und einem leerstehenden italienischen Restaurant, direkt beim Treppelweg, am Dammhaufen.

Hinterm Damm floss die Donau, vom Häuschen aus konnte man sie aber nicht sehen, weil ein Bretterzaun im Weg stand. Ein Zimmer, ein Klo, ein Ofen, der aussah, als wäre er schon im Ersten Weltkrieg veraltet gewesen. Neben dem Häuschen stand eine riesige Buddhastatue, die von der Vorbesitzerin aufgestellt worden war. Im Ruhestand war sie Buddhistin geworden, das Haus wollte sie nicht verkaufen, weil ihr Geld unwichtig geworden war. Dirko hatte sie im Taxi gefahren, und beim Aussteigen hatte sie ihm einfach ungefragt das Häuschen geschenkt, mit einer einzigen Auflage: sich um die Statue zu kümmern. Dirko war jetzt Buddhawächter und Haus-mit-theoretischem-Donaublick-Besitzer.

Im Garten trainierte er mich. Er saß auf einem Gartenstuhl und zeigte mir, wie «schmutziges» Kickboxen geht.

«Blue Jeans, ich bring dir die Straßenvariante bei. Du willst eh nicht bei den Olympischen Spielen antreten, stimmt's? Also lernst du jetzt, wie du deinem Gegner möglichst weh tust. Das hab ich dem Bribri beigebracht, und du brauchst mich auch. Treten wir deinem Espen seine Geldscheiße aus dem Darm.»

Sitzend hielt er die Pads. Er hatte mir Zwölf-Unzen-Handschuhe besorgt, mit denen ich die Kissen bearbeitete.

Er brachte mir Low Kicks und High Kicks bei, Haken, Geraden und Upper Cuts.

«Blue Jeans», ermahnte er mich beim Schlagen. «Du willst nicht das Kissen treffen. Ich habe gesagt, ziel auf meinen Solarplexus. Den willst du treffen. Durchs Kissen hindurch. Und wenn ich sage, du sollst meine Leber treffen, dann mach das. Dein Ziel ist, mir die Leber durch den ganzen Körper zu drücken, dass sie auf der anderen Seite rauskommt. Und wenn du mich rechts am Kopf triffst, willst du deine Faust auf der anderen Seite aus meinem Kopf kommen sehen!»

«Hörst du dir gerade zu, Dirko? Weißt du, wie brutal das klingt?»

«Ja, klar. Ich hoffe, du hörst mir auch zu. Oder willst du deine ganze Schulzeit über die Nadelbäume an deiner Schule fressen?»

Wir trainierten mehrmals die Woche. Nebenher verscheuchte er Sprayer und Tauben von der Buddhastatue.

«Werde ich jemals gegen Gegner kämpfen können, die nicht sitzen während des Kampfes?», fragte ich.

Dirko lachte, stand auf und warf die Pads ins nasse Gras.

«Versuch's», sagte er.

Ich schlug zu, wie er es mich gelehrt hatte, und Dirko fiel zu Boden. Grinsend stand er wieder auf.

«Das war die Krankheit, nicht deine Schlagkraft», sagte er und klopfte mir auf die Schulter.

Als der Frühling kam, lag ein Haufen Schrott neben dem Haus.

«Wir bauen Leonardo da Vinci nach», sagte Dirko und zeigte mir Pläne, die er aus einem Buch kopiert hatte.

«Da Vinci war bettelarm, ärmer, als deine Schulkameraden dich finden. Glaubst du, das hat ihn gejuckt? Gegen ihn waren alle anderen in Florenz *im Kopf* arm», sagte Dirko. «Der Mann konnte nicht nur malen, er war der Großvater der modernen Fliegerei und der Großmeister der Mechanik. Katapulte hat er erfunden, mobile Brücken, Sturmboote, überdachte Angriffsleitern, Riesenarmbrüste mit einer Spannbreite von fünfundzwanzig Metern, mit Steinen und Feuerbomben als Geschossen. Gepanzerte Fahrzeuge, dreiunddreißigläufige Kleinkalibergeschütze, den Vorläufer des Maschinengewehrs, Panzerwagen, das hat er sich von einer Schildkröte abgeschaut, mit Schießscharten, von acht Männern bewegt. Für ihn war Krieg eine Kunstform und die Mechanik die Königsdisziplin aller Wissenschaften.»

«Sag mal, Dirko, willst du, dass ich meine Schule mit Waffen der Renaissance auslösche?»

«Der Résistance wolltest du sagen. Nein, Blue Jeans. Wir bleiben Pazifisten. Wir beide bauen da Vincis Grillmaschine.»

Die Grillmaschine funktionierte wie eine Uhr, die vom Feuer bewegt wird. Über einen Baum wurde ein Gewicht gehängt, mit dem man die Mechanik aufziehen konnte, die großen Räder am Grill bewegten den Spieß, an dem wir zur Einweihung ein Spanferkel brieten. Papa und Mathilda waren eingeladen.

«Das ist ja eine verrückte Konstruktion», sagte Papa.

«Eigentlich nur logisch», sagte Dirko. «Und steht ja auch

alles in da Vincis Anleitung. Das einzige Problem ist seine Spiegelschrift. Sieht aus wie Armenisch, kompliziert wie Deutsch.»

«Na ja, solang das Fleisch nicht aus dem fünfzehnten Jahrhundert stammt», sagte Papa.

«Für Ihre Freundin hab ich Salat. Er ist sauber. Ich hab ihn eigenhändig gewaschen», sagte Dirko, zwinkerte mir zu und goss uns allen Vranac ein. Mir mit Soda. Einen Sommergspritzten.

«Da Vinci hat übrigens auch ein Musikinstrument entwickelt, das alle Töne erzeugen kann, die es gibt», sagte Papa. Er hatte seine Posaune mitgebracht, Mathilda ihre Blockflöte. Er wischte sich seine fettigen Finger an der Hose ab, und in der kühlen Donaunacht spielten sie dann zusammen vor dem großen Buddha *De Slapende Nimf* von Antoine Mahaut. Ein leichtes Barockstück. Ich hätte problemlos mitspielen können.

Papas Spitzbauch und Mathildas zu kurzes Hemd. Die beiden wirkten deplatziert vor dem Buddha und dem Ferkel, das sich gemächlich drehte.

Später saßen wir in dicke Pferdedecken eingewickelt vor der wärmenden Glut. Wir hörten die Donau leise gegen das Ufer schwappen, mir war von Plavac und Vranac trotz Wasser schwindlig. Mathilda hatte ihren Kopf in Papas Schoß gelegt.

«Beim Küssen schmecken Posaunisten nach Blech», sagte Mathilda. Sie lachte. «Ich bin übrigens schwanger.»

«Wir zwei freuen uns sehr», sagte Papa betrunken strahlend.

Ihr zwei. Mir war, als würde die Donau als Tsunami über den

Wall kommen. Als wäre im Rettungsboot für mich kein Platz. Als wäre Papa Kapitän Schettino und ich sein Passagier.

Am nächsten Morgen fühlte ich mich wie auf hoher See. Mein Magen war flau, und in meinem Kopf hämmerten alle Bauarbeiter, die eigentlich den neuen Berliner Flughafen errichten sollten. Professor Löwenstein leitete unsere Exkursion in den historischen Reichsratsaal im Parlament.

«Wie bei uns im Theresianum damals auch», sagte unser Geschichtslehrer, «saßen hier, in diesem prunkvollen Saal, Abgeordnete der ganzen Monarchie. In elf Sprachen wurden hier Reden gehalten. Seht ihr da oben? Die Kaiserloge. Die blieb aber bei den Debatten leer. Der Kaiser ist nur ein Mal hier gewesen, während der Bauarbeiten.»

Wir saßen auf den Plätzen der Parlamentarier. Es gab an jedem Platz kleine Tischchen mit Laden, in denen Löcher waren für Tintenfässer, mit denen damals, so Professor Löwenstein, während der Debatten regelmäßig geworfen wurde.

«Heiß ging's her in diesem Parlament, das im Grunde ein Vorläufer des EU-Parlaments war. Gott sei Dank ohne Griechen», dozierte Löwenstein und bleckte seine stummelhaften Zähne. Kinderzähne. Milchzähne im Mund eines Endfünfzigers.

«Es war die Regel, dass Trommeln und Tröten eingesetzt wurden, um Redner zu stören. Die Trommeln lieh man sich vom gegenüberliegenden Burgtheater.» Wieder lachte Löwenstein. Auf seinem Toyota, das wusste ich, weil ich seinen Wagen am Lehrerparkplatz gesehen hatte, pickte ein gelber Aufkleber mit dem Doppeladler. Ein Monarchist.

«Zusammengehalten wurde das Reich von der Person des

Kaisers. Auf ihn konnten sich alle einigen, auf den gütigen Franz Joseph, Kaiser aller seiner Völker. Noch immer», fügte Löwenstein an, «träumen viele in den ehemaligen Kronländern von einer Wiederherstellung der Habsburgermonarchie. Bis heute.»

Ich erhob mich schwankend von meinem Platz.

«Von welchem gütigen Kaiser sprechen Sie», fragte ich mit schwerer, pelziger Zunge. «Von dem, der für Massenexekutionen im Ersten Weltkrieg verantwortlich war? Unter dem dreißigtausend Galizier ermordet wurden, der Internierungslager für Ruthenen, Russen und Serben errichten ließ?»

Dirko hatte mir erst vor wenigen Tagen im Rahmen meiner Hinrichtungsausbildung ein Buch geborgt. *Habsburgs schmutziger Krieg.*

«Oder meinen Sie den Kaiser, dessen Festungskommandant in Przemyśl neunzehnhundertvierzehn den Befehl gab, jeden Verdächtigen niederzuschießen, statt ihn zu verhaften? Meinen Sie den Kaiser, dem sogar die deutschen Generäle sagten, man müsse Verdächtigen einen Prozess machen und dürfe sie nicht, wie die Habsburger es taten, einfach erschießen oder aufhängen?»

Löwenstein setzte sich seine Brille, die im schuppigen Haar steckte, auf die rot geäderte Nase.

«Du findest dich wohl recht gewitzt, Raupenstrauch, was?» Seine Karpfenaugen starrten mich feindselig an.

«Weil ich weiß, dass der Kaiser Dreck am Stecken hatte? Dass es sadistische Gewaltorgien gab? Ist es gewitzt, so etwas zu wissen?» Ich hielt mich an meinem historischen Rednerpult fest, um nicht umzufallen.

«Du bist ein dreizehnjähriger Aufschneider, Raupenstrauch. Ich diskutiere mit dir nicht die Geschichte der Habsburger. Ich bringe sie dir bei.»

«Nein, Herr Professor. Für Geschichte habe ich einen anderen Lehrer.»

«Das hast du gut gemacht», sagte Dirko. «Sie haben aus dem Kaiser einen Operettenstar gemacht. Aber frag mal, was Cesare Battisti gedacht hat, als er acht Minuten lang am Galgen hing als Hochverräter. Battisti saß als Abgeordneter in deinem ehrenwerten Reichsrat und wurde neunzehnhundertsechzehn in Trient wegen Hochverrats hingerichtet. Weil er sich als Italiener fühlte. Es gibt schreckliche Fotos seiner Hinrichtung. Die Leiche des Strangulierten baumelt am Würgegalgen, darüber triumphierend lächelnd der extra aus Wien angereiste Scharfrichter Josef Lang.»

«Josef Lang, den kenn ich», sagte ich.

«Ich weiß», sagte Dirko. «Mein bester Schüler. Es ist gut, dass du nicht auf den Marzipankaiser reinfällst. Das war ein schmutziger Krieg, den die Habsburger geführt haben. Sie haben die slawische Bevölkerung *niedergemacht,* so nannten sie es. Niedermachen, was das schwarz-gelbe Zeug hielt. Wen man nicht verstand, der war ein Verräter oder feindlicher Spion und wurde aufgeknüpft, erstochen oder abgeknallt. Tote sprechen natürlich keine fremden Sprachen.»

Wir saßen in seiner kleinen Wohnung am Küchentisch. In der Hand hielt er den *Radetzkymarsch* von Joseph Roth und las laut vor.

«Roth schreibt über einen Priester und zwei junge Bauern, die umgebracht wurden. Ihre Leichen hängen vor einem Friedhof. Hör zu: *Und manchmal bewegte der Nachtwind die Füße des Priesters so, dass sie wie stumme Klöppel einer taubstummen Glocke an das Rund des Priestergewandes schlugen, und, ohne einen Klang hervorzurufen, dennoch zu läuten schienen.»* Er klappte das Buch zu.

«Hast du eigentlich schon gegessen?»

Ich schüttelte den Kopf. «Papa und Mathilda sind seit zwei Tagen in Linz.»

«Du kochst dir selbst etwas?»

«Nein. Ich könnte natürlich zu meiner Oma gehen, aber ich mag nicht. Außerdem schaut sie mich am Tisch immer so an, als würde ich ihr etwas wegessen.»

«Deine Oma sieht aus, als hätte sie deine eigentliche Oma aufgegessen.»

Ich lachte.

«Ich mach uns Srpski Kupus», sagte er. «Magst du Kohl?»

Während er den Kohl schnitt, sah ich mich in der Küche um. An der Wand hing das Foto eines Glasfrosches.

«Aus Costa Rica?», fragte ich.

«Ja», sagte er. «Ich hab dir schon von ihm erzählt. Wenn er sich in dich verliebt, kannst du es sehen. Sein Herz schlägt dann nur für dich. Das daneben ist ein Goldbaumsteiger. Ein Giftpfeilfrosch. Die Bribri haben ihm das Gift entzogen und ihre Pfeilspitzen damit beträufelt.»

«Hast du mit den Indianern gelebt?»

«Nein, aber über meinen Kickboxschüler hab ich ein paar von ihnen kennengelernt. So wie ich über dich Barockmusiker kennenlerne. Durchs Kickboxen kommen die Leut zusammen. Diese Indios werden einhundertzehn, einhundertfünfzehn Jahre alt. Sie leben ohne Alkohol, Nikotin und Zucker. Also da fragt man sich natürlich, wozu?

Ulloa hat mich einmal mit auf eine Aussichtsplattform

über den Baumwipfeln genommen. Die war sicher dreißig Meter hoch. Dort saß er oft tagelang und zählte Vögel, die von Nordamerika in den Süden fliegen. Wir zählten an dem Tag achtzehntausend Stück. Wenn du einhundertfünfzehn wirst, hast du die Zeit für so was.»

«Wovon leben die Indios?»

«Vom Vögelzählen nicht. Sie bauen Bananen an und Kakao. Ulloa verdiente sein Geld hauptsächlich mit Schildkröteneiern. Er verkaufte sie an Touristen. Nicht gerade ökologisch korrekt, aber realistisch. Für einhundert Schildkröteneier bekam er zwanzig Euro. Einhundertzwanzig davon legt eine Schildkrötin in einer Nacht, in zwanzig Minuten. Achtundzwanzig Grad hat es dort im Schnitt. Ist es im Moment der Eiablage ein Grad kühler, wird's ein Männchen, ein Grad mehr, dann wird's ein Weibchen. Du kannst bei den Schildkröten mit dem Thermometer das Geschlecht bestimmen. Die Touristen stehen dort nachts am dunklen Strand und starren dem armen Muttertier mit Infrarotlampen in die Muschi.»

Er legte das geräucherte Fleisch zum Kohl in den Topf.

«Das daneben an der Wand ist ein Rotaugenfrosch», sagte er. «Nach dem bist du benannt, Blue Jeans. Gefällt er dir?»

«Ich seh keinerlei Ähnlichkeit.»

«Weil du nur auf Äußerlichkeiten schaust. Der Erdbeerfrosch wird nur etwa zwanzig Millimeter groß. Viel größer bist du auch nicht. Wächst du eigentlich mal wieder, Claude?»

Ich zuckte mit den Schultern. Der Strich im Türrahmen bei uns war immer noch der gleiche.

«Ein gravierender Unterschied zwischen dem Blue Jeans Frog und dir ist wahrscheinlich die Ernährung, glaube ich zumindest. Ich weiß ja nicht, was du dir privat kochst.»

«Was isst der denn?»

«Hauptsächlich Schuppenameisen.»

Dirko stellte die Teller auf den Tisch. Der Kohl dampfte, und wir fingen an zu essen.

«Der Ruf des Männchens erinnert an das Summen einer Biene», sagte er kauend. «Und lustigen Sex haben sie. Die Dame und der Herr nähern sich bäuchlings. Sie legt dann ein paar Eier ab, und er besamt sie. Und jetzt kommt die Ähnlichkeit zu dir. Die Froschmama verschwindet dann, und der Papa bewacht die Eier und befeuchtet sie täglich mit Wasser.»

«Papa befeuchtet mich nicht.»

«Aber ich», sagte Dirko und spritzte einen Vranac.

In den nächsten Wochen wurde Dirko immer mehr zu meinem Papafrosch. Ich schlief, fast immer allein, in unserer Wohnung und ging zum Frühstück zu ihm. Manchmal begegnete ich im Treppenhaus dem unheimlichen Deutschen.

«Wurdest du eigentlich nach der Geburt abgetrieben, oder warum lebst du allein», fragte der Kleefisch. «Ich seh deine Eltern nie. Die sind weg, stimmt's? Und dein Leben ist immer mehr wie das Tote Meer. Es wird immer kleiner. Stege im Sand, Stege auf staubigem Stein ins Nichts.» Er sprach immer erregter. «Das Wasser weiter weg als die Ewigkeit, und wenn du es erreichst und vor Durst fast umkommst, dann ätzt es deine Speiseröhre weg, deinen Magen, deine Nieren. Das Schicksal fickt dich, aber ich fick zurück. Nur weil das Schicksal stärker ist als wir, lass ich mir trotzdem nichts gefallen. Mein persönliches Masada!»

Seine Augen wirkten seltsam entzündet, und ich wusste

nicht, was ich antworten sollte. Ich klingelte bei Dirko. In der Wohnung roch es nach Kaffee aus Costa Rica. Urwaldschattenkaffee, den Dirko in einem Fair-Trade-Laden kaufte, der Leuten gehörte, die unterm Ladentisch mit seltenen Singvögeln handelten. Fair Trade war der Kaffee, Trade die Vogelschar.

Zum Kaffee frühstückten wir kleine Gibanica und Kobasica, Brot und Sjenicki beli sir in wilder Mischung mit Papaya, Mango und Hering. Jeder Reisepass eine Zutat.

Dann brachte mich Dirko im Taxi zur Schule. Mittags holte er mich wieder ab, und wir kochten gemeinsam Pansensuppe oder Sarma, armenisches Chasch aus Kuhhaxen oder Harissa aus Weizenkörnern und Hühnerfleisch oder Bosbasch, die traditionelle armenische Suppe aus Lammbrust, Früchten und Gemüse, oder Rheinischen Sauerbraten mit Rübenkraut, Schwarzbrot und Rosinen oder Gallo Pinto.

Wir aßen uns durch die Stationen seines Lebens.

Beim Essen erzählte er mir von seinen Erlebnissen im Taxi.

«Gestern saß der Schauspieler Joachim Król bei mir im Wagen. Er saß vorne und musste zweimal die Handbremse ziehen. Er dreht hier gerade irgendwas und sagte mir, er beurteilt Filme nicht mehr nach künstlerischer Qualität, sondern nach der Lebensqualität, die er bei der Arbeit hat. Was nützt es ihm, wenn der Film gut ist, aber der Dreh eine Qual? Und dann erzählte er mir von seinem Vater, einem einfachen Typen aus dem Ruhrgebiet. Er war ein großer Fußballfan, ging sein ganzes Leben Woche für Woche zu den Spielen seines Lieblingsclubs Westfalia Herne.»

«Kenn ich nicht», sagte ich.

«Ich auch nicht», sagte Dirko, «aber für Króls Vater war dieser Club sein Leben. Er hatte ein dickes Heft, in das trug er nach jedem Spieltag handschriftlich die Ergebnisse ein und die Tabelle. Als Króls Vater starb, fand er das Heft. Auf der letzten Seite hatte Westfalia Herne ein ausgeglichenes Tor- und Punkteverhältnis. Vielleicht ist das das Glück», sagte Dirko. «Mehr geht vielleicht nicht, als dass am Ende dein Lieblingsverein im Mittelfeld platziert ist.»

«Ich habe keinen Lieblingsverein», sagte ich.

«Dann musst du dir ein anderes Glück suchen.»

«Und wenn ich keins finde?»

«Dann musst du dir sagen, dass die Suche dich glücklich macht.»

Immer noch ging ich manchmal nachmittags in die Börsegasse und wartete auf Broni, der nicht kam. Auf Mama, die nicht kam.

Irgendwann sah ich Bronis Lehrerin. Ich fragte sie nach meinem Bruder.

«Der ist doch schon lange nicht mehr auf unserer Schule», sagte sie.

«Ein einziges scheißendes Chinesendorf bringt meinem Vater mehr Geld, als dein Vater in seinem ganzen Leben erbläst», sagte Espen.

«Aber jede Verstopfung in China treibt euch den Angstschweiß auf die Stirn», sagte ich.

«Claude, der Fickfehler, ernährt sich von den Resten, die die Tauben übrig lassen», sagte Aurelius, und alle lachten.

Espen wollte mir sein Knie in den Magen stoßen, aber ich wehrte es mit meinem ab, griff ihn um den Hals und kickte ihm mit dem linken Knie in die Leber. Ich meinte, sein weiches, angststarres Organ auf meiner Kniescheibe zu spüren. Ich trat einen Schritt zurück und gab ihm noch einen Low Kick ans Schienbein und einen High Kick ans Ohr. Er kippte um.

In der nächsten Pause kam Espens Bruder mit Freunden aus der Oberstufe. Ich wurde mit gebrochener Rippe, einem ausgeschlagenen Schneidezahn und einer Prellung des Jochbeins ins AKH eingeliefert.

Im Wartezimmer der Notaufnahme saß neben mir ein junger Türke mit einem kleinen Mädchen. Er erzählte seinem Sitznachbarn, dass er seit kurzem eine neue Freundin habe, die Kleine sei ihre Tochter, der leibliche Vater habe sich aus dem Staub gemacht. Seine Freundin habe in der Nacht starke Bauchschmerzen bekommen, die nicht besser wurden, sagte er. Er habe sie nur mit Mühe überreden können, ins Krankenhaus zu fahren. Dann spielte er mit der Kleinen weiter ein türkisches Fingerspiel, wahrscheinlich so etwas wie *Das ist der Daumen, der schüttelt die Pflaumen, der sammelt sie auf, der trägt sie nach Haus, und der Kleine isst sie alle, alle auf.*

Das Kind lachte, die Tür ging auf, und der Arzt ging die paar Schritte auf ihn zu und sagte lapidar: «Sie ist tot. Aortariss.»

Ich rief Dirko an. Er holte mich vom Krankenhaus ab. Wir saßen schweigend nebeneinander im Wagen.

Ich bekam kaum Luft, wegen der Rippe. Das würde ein paar Wochen so bleiben, hatte der Arzt gesagt. Sie hatten meine Wunden versorgt, das Jochbein war nicht gebrochen, nur geschwollen, der Zahn musste natürlich ersetzt werden.

«Ist dein Vater in Linz?», fragte Dirko. «Soll ich ihn informieren?»

Ich blickte aus dem Fenster. Mit den Fingern spielte ich das Pflaumenspiel.

Papa konnte nicht kommen, er hatte abends ein Konzert in Braunau. Händel. Zur Inneren Oma wollte ich nicht. Dirko bot mir an, bei ihm zu schlafen.

«Du kriegst das Bett», sagte er. «Für mich reicht die Couch.»

Er bezog das Bett frisch.

«Soll ich das Schwein erschießen?», fragte er mich in einem Tonfall, als meinte er das ganz ernst.

«Nein», antwortete ich. Ich hätte nicht einmal gewusst, welches.

Er gab mir Ymer zu essen, eine Art dänisches Joghurt. Das kühlte und war leicht zu schlucken.

«Blue Jeans», sagte er und strich mir übers Haar.

«Zwei Dinge», sagte Papa ein paar Tage später. «Erstens ist es enttäuschend, wie leichtfertig du die Chance auf Vernetzung vertan hast. In den Bergen sind Seilschaften nicht mal halb so wichtig wie im Leben. Du warst im Theresianum an der Quelle. Du hättest ein Leben lang von deinen Mitschülern profitieren können. Hättest du dich nicht arrangieren können? Herrgott noch mal, Claude. Ihr seid Kinder, da ist ein bisschen Streit normal. Aber gut, du hast dich gegen die Privilegien entschieden, die dir die Nähe zur Oberschicht offeriert hätte. Für deine Mitschüler bist du jetzt ein Proletenschläger. Deine Direktorin hat mir versichert, dass du angefangen und deinem Mitschüler das Trommelfell zerstört hast. Nicht, weil ich Musiker bin, Claude, aber so etwas Fragiles wie ein Ohr zu verletzen, wie bringt man so was fertig? Hat dir das dein serbischer Tschetnik beigebracht? Wundert es dich, dass du von der Schule gewiesen wurdest? Warum hast dir nicht einfach diese App besorgt, mit dem Hochfrequenzton, den nur Jugendliche hören können? Damit hättest du sie dir doch auch vom Leib halten können, Claude. Ein Ton, den sie unerträglich finden, das kann man sich runterladen!»

«Ich würde den Ton auch hören, Papa. Dann würde ich mich auch fernhalten müssen von mir selbst.»

«Du hättest dir was in die Ohren stopfen können. Immer noch besser als diese rohe Gewalt. Mathilda hat das auch sehr aufgeregt. Das ist in der Schwangerschaft nicht gut, mein Sohn. Aber das scheint dir ja egal zu sein. Diese Pubertätsegozentrik nervt, Claude.»

Er sah müde aus dem Fenster.

«Zweitens hab ich tatsächlich etwas anderes zu tun, als mit dir zusammen jetzt eine neue Schule zu suchen. Ehrlich.»

Mathilda saß neben ihm und strich sich über den Bauch.

«Diese Aggressionen», sagte sie, «tun dir nicht gut. Wir sind hier nicht in Srebrenica, richte das deinem Taxifreund aus.»

«Weiß Mama von meinen Verletzungen?», fragte ich.

«Ich hab's ihr nicht gesagt. Ich will nicht, dass sie sich auch noch aufregt. Sie hat genug mit ihrem eigenen Leben als Indiosquaw zu tun.»

Papa stand auf.

«Tut es sehr weh?», fragte er.

«Ja», antwortete ich.

«Was ist das für eine Fotografie?» Er deutete auf ein Bild, das über meinem Bett hing.

«Das ist ein Foto vom Silvesterball der Selbstmörder. Neunzehnhundertneunundzwanzig. Das sind Leute, die sich in dem Jahr der Depression das Leben zu nehmen versucht haben. Für die wurde dieser Ball organisiert.»

«Die sehen ja echt fertig aus», sagte Papa und betrachtete das Schwarz-Weiß-Bild. «Woher hast du das?»

«Von Dirko», sagte ich.

«Neunzehnhundertneunundzwanzig hat Marlene Dietrich zum ersten Mal *Ich bin von Kopf bis Fuß auf Liebe eingestellt* gesungen», sagte Mathilda. «Vielleicht braucht Claude auch eine kleine Freundin. Gibt's nicht Kinder-Tinder oder so was?»

Sie lachte, Papa auch.

«Ein Kollege von mir, Oboist, hat einen Sohn auf dem Schulschiff», sagte er. «Ich hab mit dem Direktor gesprochen. Sie nehmen dich.»

Das Schulschiff ist am linken Ufer der Donauinsel festgemacht, in Transdanubien. Die Werft Korneuburg hat es neunzehnhundertvierundneunzig fertiggestellt. Genau genommen sind es zwei Schiffe, die die Schule ausmachen und nebeneinanderliegen, einhundertneunundachtzig Meter lang. Sechsunddreißig Klassenzimmer hat das Doppelschiff. Auf einem dritten Schwimmkörper befindet sich die Turnhalle.

Ich war froh über den Schulwechsel. In meiner neuen Klasse waren die ganzen Problemkinder aus Floridsdorf. Dort passte ich hin. Ich galt jetzt bei der Schulbehörde auch als Problemkind.

«Dein Vater ist Musiker? Cooler Swag?» Mein Tischnachbar war ein kleiner, stämmiger Iraner.

Kein Papiermillionär weit und breit.

«Arash», stellte sich mein Nachbar vor. «Hast du es den reichen Kids gezeigt?»

Links von mir saß eine Japanerin. In der Pause teilte sie ihren Apfel und schob mir ihre Hälfte zu.

«Ich heiße Minako», sagte sie und lächelte kaum merklich.

«Ich kann nicht gut beißen», sagte ich.

Sie musterte prüfend die Schwellungen in meinem Gesicht und schnitt dann meine Hälfte mit einem fischförmigen Messer in winzige Stücke.

«Wird es so gehen?»

Ich nickte und schob mir ein Stück in den Mund.

«Du musst nicht kauen, wenn es weh tut. Sie sind so klein, du kannst sie dir auf der Zunge zergehen lassen.»

Wir lagen auf der Donauinsel im Gras. Unser Pausenhof.

Die Sonne schien.

Die Luft war klar, man hätte am anderen Ufer die Buddhastatue sehen können, wenn nicht der Bretterzaun im Weg gewesen wäre.

«Some people look for a beautiful place», sagte Minako. «Others make a place beautiful.»

Ich sah sie an. Im Gegenlicht hielt sie mir ihr Handy entgegen.

«Weisheit des Tages vom Periodenhasen!»

Ich schaute sie fragend an. «Periodenhasen?»

Sie lachte, und der Apfel schmolz in meinem Mund.

«Ich habe deine Mutter gefunden», sagte Dirko, als ich nach meinem ersten Tag in der neuen Schule auf der Floridsdorfer Brücke in sein Taxi stieg. «Ich dachte, sie sollte dich sehen, kriegsversehrt, wie du bist. Wenn du magst, bring ich dich zu ihr.»

Mama wohnte jetzt in der Mondscheingasse. Der Indio hatte es von hier nicht weit zu der neuen Fußgängerzone in der Mariahilfer Straße. Vielleicht hatten sie deshalb diese Wohnung genommen. Nähe zum Arbeitsplatz.

«Du siehst furchtbar aus», sagte sie, als sie mich sah. Sie nahm mich in den Arm. An der Garderobe hingen Jacken von Broni.

«Er ist in der Schule», sagte sie, meinem Blick folgend. «Broni geht jetzt in die Stiftgasse. Das ist näher.»

Ich bekam kaum Luft.

«Und dein Freund?»

«Er arbeitet.»

Ihr Körper war warm.

«Geht's dir gut, Mama?»

«Ja, Claude. Mir geht's gut. Komm, gib mir deinen Mantel.»

Es tat weh, als ich ihn auszog.

«Du musst zum Zahnarzt gehen», sagte sie. «Du brauchst einen neuen Zahn.»

Ich sah mich um. Die Wohnung war klein und dunkel. Die schmale Mondscheingasse lässt tagsüber kaum Licht herein. Die Wohnung war karg eingerichtet. Nur die Möbel, die Mama aus unserer Wohnung mitgenommen hatte, standen hier. Bronis Zimmer sah exakt so aus, wie es bei uns am Hohen Markt ausgesehen hatte.

Über Mamas Schreibtisch fehlte das Kinderfoto von mir.

«Wo ist das Bild?», fragte ich.

«Ich weiß nicht», sagte sie. «Wahrscheinlich in einer der

Kisten.» Sie betrachtete mich, als wollte sie sagen: Groß bist du geworden. Aber sie sah, dass das nicht stimmte.

«Ich vermisse dich», sagte ich. «Und Broni.»

«Ich weiß», sagte sie. «Ich zeig dir was, hier, ein Foto von deinem Bruder.» Sie öffnete ihre Geldbörse und zog das Bild heraus. «Beim Faschingsfest in seiner neuen Klasse. Er ist als Azteke gegangen.»

«War das nicht zu kalt?», fragte ich.

Broni trug auf dem Foto eine ärmellose Bluse, die mit Federn geschmückt war, und einen Wickelrock. Sein Gesicht war weiß geschminkt.

«Er ist als Menschenopfer gegangen», erklärte Mama. «Wer den Göttern geopfert werden sollte, bemalte vorher sein Gesicht mit Kalk. Natürlich hat er auf dem Weg zur Schule seinen Mantel drübergezogen.»

«Ich finde, das wäre eher die richtige Verkleidung für mich gewesen», sagte ich. «Als Menschenopfer.»

«Verkleidest du dich denn noch?», fragte Mama.

«Ich hab mich als Kind verkleidet, dessen Mutter nicht einfach plötzlich weg ist.»

Mama sah mich müde an. «Bist du denn nur gekommen, um mich anzuklagen, Claude? Das halte ich für höchst bedauerlich. Dass ich dich lieb habe, weißt du. Daran kannst du nicht zweifeln. Ich liebe dich, solange ich lebe. Es ist für mein Glück notwendig, zu wissen, dass du glücklich bist. Aber ich kann im Moment nicht Zeugin deines Lebens sein. Ich habe eine Entscheidung getroffen, Claude. Das ist mir nicht leichtgefallen. Ich habe mit deinem Vater ausgemacht, dass wir es so versuchen wollen. Kulturell betrachtet ist es nicht ungewöhnlich, dass das Kind beim Vater bleibt, wenn es an der Schwelle zum Mann steht. Das kennt man von sehr vielen Kulturen. Weißt du, ich bemühe mich gerade mit aller Kraft, ein neues Leben aufzubauen. Trotz aller Gegenwinde.»

«Kann ich nicht mit Broni tauschen?»

«Broni ist kleiner als du, er braucht seine Mutter.»

«Und ich brauche dich nicht, Mama?»

Sie setzte sich und seufzte.

«Ich fühl mich hier in meiner eigenen Wohnung wie vor Gericht, Claude. Aber du bist nicht mein Ankläger. Du bist mein Sohn. Du willst alles besser wissen, überall Fehler finden, außer bei dir selbst. Aber niemand will sich so bessern und erleuchten lassen, am wenigsten von seinem eigenen Kind. Dein Missmut ist erdrückend, nur bringt das doch gar nichts. Schau mal, du bist erst ein paar Minuten hier, und schon ist die Stimmung im Keller. Willst du, dass ich erst wieder frei atmen kann, wenn du weg bist?»

Ein paar Tage später bekam ich einen Brief von Mama.

Die Tür, die du gestern so laut zuwarfst, fiel auf länger zu zwischen dir und mir. Ich bin wütend. Du gönnst mir kein neues Leben?
Ich liebe dich. Lebe und sei so glücklich, wie du kannst.
Mama

2.X

Wie ein abgebrochener Streichholzkopf, der auf deiner Haut abbrennt.

HONIGBIENEN, HORNISSEN

In Filmen werden Posaunen gerne zur Untermalung eingesetzt, wenn es um Endzeitszenarien geht. Mein Vater könnte den Soundtrack meines Lebens spielen.

«Deine Mutter hat Schopenhauer gelesen», sagte Papa. «Das war in Wahrheit der Anfang vom Ende. *Nach deinem Tod wirst du sein, was du vor der Geburt warst.* Schopenhauer», sagte er verächtlich. «Der Typ hatte nur eine Beziehung zu seinem Pudel. Und deine Mutter hat jetzt einen Pudel aus den Anden. Sie war zu viel in der Welt unterwegs, jetzt muss sie sich zur Strafe in einen Poncho zwingen.»

«Siehst du Broni manchmal, Papa?»

«Ja, klar. Ich bitte dich, ich bin sein Vater. Natürlich seh ich ihn. Er ist manchmal bei uns in Linz. Inzwischen spielt er ganz passabel Posaune, einfache Sachen fürs Erste, aber sein Zwerchfell macht mir Hoffnung.»

«Warum seh ich dann Mama nicht?»

«Weil sie sich von ihrem bisherigen Leben emanzipieren will. Kriegt sie ja auch fabelhaft hin. In ihrem Fachbereich gibt es Ethnopharmazie, Ethnopharmakologie, Ethnobotanik, Ethnopsychoanalyse, Ethnomathematik, was weiß ich, sie hätte riesige Wahlmöglichkeiten gehabt. Aber sie hat sich für Ethnofick entschieden. Du dich auch? Läuft was mit der Schlitzerten? Ist dir Inländersex schon zu langweilig, bevor du ihn hattest?»

«Minako sitzt neben mir, das ist alles. Wir essen zusammen Obst.»

«Mir egal, wie du das nennst, Claude. Ich freu mich für dich. So eine kleine Geisha hätten viele gern, glaub mir. Hast du Mamas Malinowskibuch über die da unten gelesen? *Das Geschlechtsleben der Wilden in Nordwest-Melanesien*? Beeindruckend, wie die sexuell unterwegs sind. Das sind Rammelgesellschaften. Für die ist Vögeln so wie für uns U-Bahn-Fahren, nur dass man auch schwarzfahren darf. Für Kids wie dich gibt es eigene Jugendhäuser, wo sie ihre Sexualität spielend ausprobieren können. Bukumatula, Ledigenhaus. Klingt das scharf?»

«Das ist Papua-Neuguinea, Papa, du wirfst alles durcheinander. Ich hab das Buch auch gelesen. Und Minako ist Japanerin, außerdem ist sie in Wien geboren.»

«Pazifik ist Pazifik, Claude. Die brauchen kein Tinder, keine Verfastfoodisierung von Trieben. Hab ich dir vom Kollegen Fasthuber erzählt? Der treibt's seit drei Jahren heimlich mit einer verheirateten Fagottistin. Die Alte hat zwei Kinder. Jeden Samstag treffen sie sich in Haid beim Ikea. Sie gibt die Kinder im Kinderparadies ab und bumst mit Fasthuber am Damenklo. Die Kinder hüpfen auf den bunten Bällen rum und sie auf ihm. Ich hab ihm vorgeschlagen, dass er sie zum Jahrestag aufs Klo vom Interio ausführen soll, zur Feier des Tages.»

Papa lachte.

«Ich frag mich, warum sie nicht auf den Kugeln in Småland

bumsen. Fasthuber hat's eh an der Bandscheibe. Das wär gesünder für ihn als die engen Toiletten. Obwohl, seine Liaison schaut so schiarch aus, dass es gar nicht schlecht ist, eine Kloschüssel in der Nähe zu haben.»

Neben dem Haus meiner Großeltern in Hühnergeschrei war früher eine Rinderbesamungsanstalt. Aus dem Fenster seines Kinderzimmers hat Papa direkt in den Stall gesehen. Ich denke, dass seine Sexualität sehr von diesem Blick geprägt ist. Ich stelle mir vor, wie er, beim Musizieren rhythmisch an seinen Großvater gebunden, an absamende Rinder dachte und an Veterinärmediziner, die mit ihrem Arm tief in den Kühen stocherten.

Seine Lieblingsgeschichte ist die von der Schlagerband Flippers. Meine Großmutter väterlicherseits war ein glühender Fan. Sie fuhr zu einem Auftritt der Flippers in die Stadthalle Linz. Nach dem Konzert ging meine damals vierundsiebzigjährige Oma nach vorne zur Bühne und bat um ein Autogramm. Der Sänger der Flippers, Olaf Malolepski, ein älterer Herr mit Minipli, schrieb ihr auf die Autogrammkarte: *Du kannst dich jetzt schon als gefickt betrachten.*

Diese Geschichte habe ich mehrere Dutzend Mal von ihm gehört. Wahrscheinlich hat er sie sich selbst ausgedacht. Ich weiß nicht, ob alle Barockmusiker so sexistisch sind wie mein Vater, aber wann immer ich Alte Musik höre, hab ich das Gefühl, sie wird von verschwitzten, notgeilen Typen gespielt. Göttliche Musik, allzu menschliche Musiker.

Als Sohn meiner Mutter habe ich natürlich auch Malinowskis Hauptwerk gelesen. Bronis Namenspatron hat jahrelang unter den Trobriandern gelebt. Ein Zufall war schuld daran. Malinowski hatte sich neunzehnhundertvierzehn just in dem Moment in die Südsee aufgemacht, als der Erste Weltkrieg ausbrach. Er hatte als Pole damals einen Pass der Kaiserlich-Königlichen Doppelmonarchie, darum wurde er von den Briten als Kriegsgegner interniert, lustigerweise genau dort, wo er ohnehin seine Feldforschung betreiben wollte: auf den Trobriand-Inseln. So ein Glück. Er musste sich nur von Zeit zu Zeit bei einem britischen Kolonialbeamten melden und konnte ansonsten unbehelligt seinen Forschungen nachgehen, die insgesamt dreieinhalb Jahre dauerten. Bei Malinowski klingt aber alles anders als bei Papa. Das Geschlechtliche ist bei den Trobriandern nicht nur Quelle der Lust, sondern etwas sehr Ernstes, Heiliges.

Wenn Mama unterwegs war, las ich oft in ihren Büchern, was meine Sehnsucht nach ihr verstärkte. Die Trobriander haben die Vorstellung, dass allein die Mutter den Leib des Kindes aufbaut und der Mann biologisch in keiner Weise zu seiner Entstehung beiträgt. Das Wort *Vater* hat eine ausschließlich soziale Bedeutung. Es bezeichnet den Mann, der mit der Mutter verheiratet ist, im gleichen Haus lebt und zum Haushalt gehört. Nach der Trennung ist er ein Fremder, ein Außenstehender.

Ich lebte also mit einem Fremden zusammen.

Wir lagen auf einem Ponton in der Donau, die Sonne schien uns ins Gesicht, und der Ponton schaukelte leicht auf den Donauwellen.

«Ich war vorher auf einer Waldorfschule», sagte Minako. «Aber ich tanze so schlecht, dass meine Freunde auf der Waldorfschule die ganze Zeit dachten, mein Name sei Renate. Obwohl meine Mutter Tänzerin ist.» Sie kicherte.

«Ich tanze auch wie ein Gnu», sagte ich.

«Klingt gut, tanzen wie ein Gnu», sagte sie.

Wir aßen Ribiseln. Unsere Münder waren rot, sie hatte einen leichten Sonnenbrand.

«Dirko sagt, in Costa Rica gibt's Bäume, die nennen sie Touristenbäume. Sie haben eine rote Rinde, die sich vom Stamm pellt, als hätte der Baum Sonnenbrand. Es ist dort so feucht, dass das Papier sich wellt. Der trockenste Ort im Regenwald ist der Pool.»

«In Japan ist es auch feucht, glaube ich», sagte sie.

«Du warst noch nie dort?»

«Nein.»

«In Costa Rica gibt es Kapuzineräffchen, die sind so klug, die könnten aus einer Melone ein Mobiltelefon bauen. Tun sie aber nicht, weil sie ja nicht bescheuert sind. Welcher Affe würde schon gern ständig erreichbar sein wollen.»

«Im Waldorfkindergarten und in der Volksschule durften wir Äffchen auch kein Handy haben. Wir durften beim Werken außerdem keine Scheren verwenden. Wir mussten reißen. Und die Tanten haben nicht mit uns gesprochen, sondern leise gesungen. *Wir neh-men kei-ne Sche-heren, wir rei-ßen das Pa-pier, lala.*»

«Deine Tanten hätten meine Plastikposaune nicht gemocht», sagte ich.

«Du hast eine Posaune aus Plastik? Dann kommst du in die Steinerhölle. Nein, das würden sie nicht mögen. Aber dich, dich würden sie mögen, wenn sie nicht völlig meschugge wären.»

Mit ihrem kleinen Kiridashi-Messer schnitzte sie aus einer Salatgurke winzige Frösche. Mit Augen und angedeuteten

Beinen. Sie setzte einen der Gurkenfrösche ins Gras und ließ ihn dann in meinen Mund hüpfen.

Minakos Vater kam aus Deutschland. Er war irgendwann ohne Geld zu Fuß durch das ganze Land gewandert, nur begleitet von seinem Hund. Er hatte ein Buch darüber geschrieben. Über den Rhein-Herne-Kanal im Ruhrgebiet hatte er geschrieben, der sehe aus wie ein Kindersarg. Jahre später, Minako war drei Jahre alt, hatte der WDR eine Doku über seine Reise gemacht. Bei den Dreharbeiten sprang sein Hund in den Rhein-Herne Kanal, Minakos Vater sprang hinterher, um den Hund zu retten. Ihr Vater ertrank, der Hund kletterte unversehrt ans Ufer.

Wir lagen Körper an Körper. Wir waren genau gleich groß und lagen ganz ruhig da.

«Ist hier deine kaputte Rippe», fragte sie und legte ihre Hand auf meinen Bauch.

Ich nickte. Sie berührte meine Rippe ganz sanft.

«Ich mag das», sagte Minako, «wenn du lächelst. Deine Zahnlücke.»

Als befänden wir uns in einem eigenen Raum. Als wären wir abgekapselt von der Welt. Als schaukelten wir auf dem Wasser aus unserem bisherigen Leben.

Sie küsste mich. Es schmeckte nach warmen Ribiseln.

«Hast du Angst», fragte ich sie.

«Vor dem Wasser? Nein. Vor dir? Nein.» Sie legte ihren Kopf vorsichtig auf meine Brust.

Dirko hat mir einmal gesagt, das Leben kann man nicht begreifen, aber man kann sich vom Leben ergreifen lassen.

«Lust», fragte sie und begann sich auszuziehen. Die Schuhe,

die Jeans, die Socken, das T-Shirt. Sie stand in Unterhosen vor mir. Sie war schmal. Ihre kleinen Brüste wirkten, als wären sie gerade auf die Welt gekommen.

«Worauf?», fragte ich zurück.

Sie lachte und sprang in den Fluss.

Weil wir kein Handtuch hatten, ließen wir uns vom Juniwind trocknen. Vom Grillplatz aus schauten Frauen mit Kopftüchern zu uns herüber.

«Sie starren mir auf die Titten», sagte Minako. «Die sollen sich Anstandsbrillen kaufen, wenn es ihnen nicht gefällt. Das haben die Ultra-Orthodoxen in Israel erfunden. Die Brillen lassen alles im Umkreis von fünf Metern verschwimmen, damit die frommen Herren keine unkeusch gekleideten Frauen anschauen müssen.»

«Du bist nicht unkeusch bekleidet», sagte ich. «Du bist gar nicht bekleidet.»

«Das trägt man heute so. Du hast einfach zu wenig Kontakt zu Frauen, seit deine Mutter weg ist», sagte sie.

«Und du zu Männern», sagte ich.

Sie schloss die Augen.

«Mein Vater war ein bisschen verrückt. Entzückend verrückt, sagt Mama. Er trödelte im Kopf und richtete sich in seinem Leben nach Landkarten, die es gar nicht gibt. Mama sagte, Papa fand Orte, die auf Google Earth nicht existieren, und Menschen, die noch gar nicht geboren sind. Mich hat er Blue Jeans genannt, nach einem roten Frosch mit blauen Beinen.»

«Das rote Erdbeerfröschchen», sagte ich.

«Du kennst das?»

Ich nickte.

«Ich war eine Frühgeburt und ganz blau», sagte sie. «Ich sah aus wie einer von der Blue Man Group. Nur viel kleiner. Papa war so glücklich wie nur je. Da war er gerade mal zu Hause. Er fuhr ja sonst in der ganzen Welt herum und beschrieb sie. Zum Beispiel hat er ein paar Monate mit einem Faultier zusammengelebt. Er hat versucht, genauso zu sein wie das Faultier. Er hat sich im Baum einen Verschlag gebaut, auf dem er neben dem Faultier saß und nichts tat.»

Die Bugwelle eines vorbeifahrenden Motorbootes ließ unseren Ponton wackeln.

«Faultiere sind ja ein eigenes Ökosystem», sagte Minako. «Im Fell von denen leben alle möglichen Pflanzen und Tiere, Algen zum Beispiel. Die nisten sich in den Faultieren ein und kommen so nach oben ans Licht, wegen der Fotosynthese. Papa sagte, er sei nichtsnutziger als jedes Faultier gewesen, weil sich auf ihm viel weniger Lebewesen eingenistet hätten als auf dem Tier.»

Sie lachte. Ich grinste auch, um ihr mit meiner Zahnlücke eine Freude zu machen.

«Ein anderes Mal saß er ein halbes Jahr im Sinai in der Wüste und tat nichts. Er sagte, Nichtstun sei die Grundvoraussetzung für alles. Religion ist aus Langeweile entstanden. Aus Langeweile und Angst. Er saß da und dachte sich, dass ihm vielleicht auch ein Testament eingegeben wird, also von Gott oder so was. Aber es passierte gar nichts. Außer Sonnenbrand und Durst. Sein Buch über diesen Trip heißt *Das allerneueste Testament*. Als es kalt wurde in der Wüste, legte Papa sich in eine Höhle und schlief auf hartem Ziegenkot.»

«Dein Vater war also ein religiöses Faultier», sagte ich.

Minako lachte.

«Das gefällt mir», sagte sie. «Die Tochter eines religiösen Faultiers.»

«Ich bin gerade so glücklich wie nur je», sagte ich.

Ich küsste sie. Ihre Zunge suchte und fand meine Lücke.

Mathildas Bauch war inzwischen gewachsen. Beim Gehen streckte sie ihn nach vorn, um ihre Schwangerschaft zu unterstreichen.

Sie aß *Spanischen Vleischsalat vom Tofutier*, so stand es auf der Verpackung. Ich traute ihren Einkäufen nicht mehr, seitdem ich mit ihr am Naschmarkt gewesen war. Zielstrebig ging sie in einen chinesischen Laden, der mit *Lulu eingelegtes Gemüse* warb. Vielleicht hat Pisse in Paderborn einen anderen Namen, aber Gemüse in Fremd-Urin machte mir wenig Appetit.

Ich versuchte, mich mit ihr wohl zu fühlen. Mir gefiel es eigentlich ganz gut, wenn sie Blockflöte übte. Sie war fröhlich. Sie war auf eine lustige Art tollpatschig. In der Küche hatte es eine Explosion gegeben, als sie Würstchen in einem Topf mit heißem Öl zubereiten wollte.

Papa hatte mir gesagt, ich müsse selber dafür sorgen, dass es mir mit ihr bessergeht. Wenn er in Linz war, streifte ich mit ihr durch die Stadt, wir gingen ins Kino. Sie liebte deutsche Komödien, sie lachte ununterbrochen, und ich dachte währenddessen an etwas anderes, Lustiges.

Sie konnte nicht gleichzeitig telefonieren und gehen. Wenn es läutete, musste sie stehen bleiben.

«Ich kann immer nur eine Sache gleichzeitig machen. Multitasking ist nicht meins», sagte sie, während wir bei Bortoletti Eis aßen. «Ich kann nicht mal *multi* und *tasking* gleichzeitig googeln.»

Dirko hatte sie erzählt, dass ihre Mutter in Paderborn immer ein Taxi für einen rauchenden Hund bestellte, weil sie das Haus nie ohne ihren Dackel und Zigaretten verließ. Ihre Mutter kam aus der DDR und hatte seit ihrer Flucht durchgeraucht. «Wahrscheinlich hat sie sich zurück auf die andere Seite der Mauer gesehnt», sagte Mathilda. «Und seitdem die Mauer weg ist, spürt sie eine Art ewige Leere.»

Ich glaube, dass sie hübsch war. Männer drehten sich auf der Straße nach ihr um. Sie war Mitte zwanzig, Barockmusikerin, und kleidete sich so, wie es den meisten Barockmusikern wohl gefällt.

Auf der Mariahilfer Straße blieb ein Mann stehen und sagte, er wolle gern neben ihr beerdigt werden. In Wien ein passabler Anmachspruch. Ihr gefiel's.

«Ich liebe Wien», sagte sie. «In Paderborn kannst du eigentlich nur an der Straße stehen und Bussen nachgucken. Mehr gibt's dort nicht, was Freude macht.»

Sie sagte auch Sätze, die ich nicht begriff.

«Ich habe in der rechten Hand mehr Gefühl als andere in der linken», sagte sie einmal.

«Du bist ja auch Rechtshänderin», sagte ich irritiert.

«Egal», sagte sie und lachte. «Ich bin eine Sternenguckerin. Ich kam mit dem Kopf nach oben auf die Welt. Mein Kopf hätte vielleicht noch ein paar Sekunden gebraucht.»

«Schön, dass ihr zwei euch so gut versteht», sagte Papa.

«Mathilda sagte heute, sie sei froh, dass sie nicht ADHS habe, das sei schlecht fürs Charakterium.»

Papa lachte.

«ADHS gibt's in Paderborn wahrscheinlich nicht», sagte er.

«Das sind ruhige Westfalen. Westfalen und Oberösterreicher passen gut zusammen. Auf unseren Bauernkalendern vergeht die Zeit langsamer als in der großen Stadt.»

«Was mach ich mit dem Zahn, Papa? Muss ich das nicht mal richten lassen?»

«Das ist eine ungünstige Zeit jetzt, Claude. Wenn man das gescheit machen will, kostet es ein kleines Vermögen. Geht gerade nicht. Steuern, die Sozialversicherung will eine Nachzahlung. Es ist unglaublich. Der Staat sollte Gärtner sein, nicht Zaun. Außerdem ziehen wir bald um. Ich kann nicht unbegrenzt Geld scheißen.»

«Wir ziehen um?»

«Nein, du nicht. Mathilda und ich. Sie will, dass wir mit dem Kind etwas Eigenes gründen. Das versteh ich. Hier erinnert sie einfach zu viel an mein altes Leben, das wirst du auch verstehen. Die Linzer Brunzbude ist zu klein. Ich hab eine schöne Wohnung in Urfahr gefunden, in der Nähe des Instituts.»

«Ihr zieht nach Linz?»

«Das ist das Klügste. Ich hab's dann nicht weit, und sie kann nach der Geburt weiter studieren.»

«Und ich?»

«Du bleibst hier. Wir haben hier einen Mietvertrag auf Lebenszeit, wir wären ja schön blöd, wenn wir die Wohnung aufgeben.»

«Ich soll alleine in der Wohnung bleiben?»

«Du bist doch nicht *alleine*, nur weil du hier die Stellung hältst. Deine Großmutter wohnt um die Ecke, in Linz bist du in zwei Stunden. Es ist alles geregelt. Du hast eine neue Schule, neue Freunde, Minako Franze, den Tschetnik. Das hier ist dein Zuhause. Das würde ich dir nie wegnehmen wollen.»

Im alten Rom gab es den Brauch, Sklaven mit einer letzten Ohrfeige in die Freiheit zu entlassen. Papa tätschelte meine Wange, als die beiden sich drei Wochen später verabschiedeten. Am ersten Juli begann ihr Mietvertrag in Linz.

Am zwölften September war mein vierzehnter Geburtstag.

3.0

Ätzend, brennend und unerbittlich.
Als ob jemand einen Bohrer benutzen würde,
um einen eingewachsenen Zehennagel freizulegen, oder
Salzsäure über eine Schnittwunde schütten würde.

ERNTEAMEISEN, FELDWESPEN

Wir fuhren am Schlickplatz vorbei.

«Der Rabenstein. Hinrichtungen durch Erhängen, Rädern, Schwert», sagte ich. «Im Jahr siebzehnhundertsiebenundvierzig wurde auf Geheiß von Kaiserin Maria Theresia der Galgen hierher versetzt. Sie wollte die baumelnden Leichname bei ihren Fahrten nach Schloss Laxenburg nicht mehr sehen.»

«Dein Hinrichtungsschuljahr ist fast vorbei, und du bist mein einziger, aber auch bester Schüler», sagte Dirko.

Es war der letzte Schultag, am nächsten Tag begannen die großen Ferien. Papa hatte mir Geld dagelassen und seine neue Adresse.

«Ich habe heute Nacht geträumt, dass ich mit drei Eisenstangen zusammenlebe, die man ineinanderstecken kann», sagte ich. «Wie ein Fußballtor. Aber das Tor brach immer wieder zusammen. Es blieb nicht stehen.»

«Es geht immer schlimmer, Claude. Immer. Manchmal beneide ich meine eingeschlafenen Beine, weil sie unempfindlich sind.»

«Ich beneide deine Beine nicht. Deine Nerven schlafen nicht, sie sind kaputt.»

«Ich weiß. Und wenn du glaubst, es geht nicht mehr, kommt

von irgendwo ein Schwein daher und bläst dir auch noch das letzte Lichtlein aus. Aber wenn du das weißt, Blue Jeans, kann dir nichts geschehen. Du kriegst ein Windgesicht, ein stolzes Windgesicht, auch wenn dir Orkane um die Ohren brausen.

In Costa Rica hab ich einen Amerikaner kennengelernt. Justin. Einen Insektenforscher. Er hat mir erzählt, dass er in seinem Leben schon von über einhundertfünfzig verschiedenen Insekten gestochen worden ist. Er hat es direkt darauf angelegt. Trotzdem freut er sich über jedes Insekt, das er trifft. Wenn du dir im Klaren darüber bist, was dich erwarten kann, bist du frei.»

Ich schaute aus dem Fenster. Vor dem Café Hummel war die alte Frau, die einem Bettler am Anfang des Sommers einen Sonnenschirm aufgestellt hatte und ihm mehrmals am Tag Wasser und etwas zu essen brachte. Eigentlich merkwürdig, dass nicht alle Menschen Obdachlosen das Leben vereinfachen wollen, dachte ich. Als ich klein war, hatte ich Mama gebeten, einem Bettler ihre Bankomatkarte zu schenken. Damit wäre sein Problem ja gelöst, sagte ich damals. Heute teilt sich Mama ihre Bankomatkarte mit dem Indio.

«Jetzt», schrie Dirko plötzlich. Ich griff nach der Handbremse, aber es war zu spät. Wir krachten in eine Trafik. Glas klirrte, Blech prallte auf Mauer. Mit der Stirn knallte ich gegen die Sonnenblende. Dirko hatte versucht, sich mit der Hand zu schützen, dabei hatte er durch die Wucht des Aufpralls die Lüftung eingedrückt, mit dem Knie war er gegen den Schlüssel geknallt. Es ging unglaublich schnell. Ein unglaublicher Knall, dann unglaubliche Stille. Neben uns hockte der Sandler unter dem Sonnenschirm und starrte uns an. Als hätte die freundliche Oma ihm auch noch eine Show geliefert.

«Govno», sagte Dirko. «Alles in Ordnung?»

Meine Augenbraue war aufgeplatzt. Ich sah, dass Dirkos Hose am Knie blutig war. Wir stiegen aus. Der Wagen sah fast unversehrt aus, aber das Schaufenster der Trafik war zu Bruch gegangen. Auf der Motorhaube lagen Glassplitter und Zeitschriften.

«Ich kann meine Hand nicht bewegen», sagte Dirko.

Der Polizei hatte Dirko nichts von seiner Krankheit gesagt. Er sei einem Hund ausgewichen, behauptete er. Wir ließen das Taxi stehen und riefen selbst eins.

«Taxler der Woche wirst du nicht mehr werden, Dirko», sagte der Taxifahrer, der uns ins AKH brachte.

Die Notaufnahme wurde langsam zu meinem zweiten Zuhause. Wir hockten im vollbesetzten Warteraum nebeneinander auf der orangefarbenen Plastikbank. Uns gegenüber saß ein junges Mädchen, sie war vielleicht sechzehn oder siebzehn, sehr dünn, das Gesicht ohne jede Farbe. Sie hatte lange, strähnige Haare, blickte wirr und biss sich die Haut unter ihren Fingernägeln blutig. Neben ihr saß ihre Mutter, die aussah, als hätte sie sich noch nie im Leben über irgendetwas gefreut. Während die Tochter an ihren offenen Nagelbetten biss, kratzte sie sich mit der anderen Hand die Kinnakne auf, bis auch die zu bluten begann. Plötzlich schoss sie hoch, als hätte sie einen Elektroschock bekommen.

«Will aufs Klo», sagte sie und bewegte sich in rasender Eile Richtung Toiletten. Ich sah, dass gerade die Putzfrauen mit ihren Reinigungswagen vor der Damentoilette standen. Ein furchtbarer Schrei durchriss die wartende Stille.

«Sie lässt mich nicht rein», brüllte das Mädchen. «Ah! Sie

zwingt mich, auf ein anderes Klo zu gehen.» Ziellos lief sie im Warteraum umher, ihre Arme hingen an ihr herab, als hätte man ihr die Gliedmaßen einer Querschnittgelähmten angenäht. Zwei Sanitäter gingen zu ihr.

«Wir schauen, dass sie nicht wegläuft», sagte der eine und legte ihr seine Hand auf die Schulter. Bodyguards zum Krankenhausklo. Sie brüllte wieder.

Rechts von mir saß ein osteuropäisch wirkender Mann, dem die Nasenspitze fehlte, auf einem Krankenhausbett lag eine alte Frau mit aufgeschlagenem Kopf.

Meine Augenbraue wurde genäht, Dirkos gebrochene Hand gegipst, seine Wunde am Knie geklammert.

Beim Rausgehen versagten ihm die Beine.

«Der Schock», sagte er erklärend zur Schwester.

Ich hörte noch aus dem Nebenzimmer, wie ein Mann sagte, das Mädchen werde in die Psychiatrie gebracht. Sie schrie wie eine junge Wölfin.

«Sollen wir deine Eltern benachrichtigen?», rief mir die Schwester nach.

«Nein, danke», antwortete ich.

Zu Hause in seiner Küche schenkte Dirko sich ein Glas voll mit je einem Drittel Fernet, Averna und serbischem Kräuterbitter.

«Cocktail Apotheke», sagte er und schüttelte den Kopf. «Das ärgert mich. Hast du gesehen? Auf meiner Motorhaube lagen nur Schundzeitungen. *News, Seitenblicke Revue, Woman.* Als hätte mein Auto keinen Geschmack. Für so einen Dreck hätte man nicht lesen lernen müssen. Glücklich jeder Analphabet.»

Er nahm einen tiefen Schluck.

«Haben die Stiche weh getan?»

«Ich habe mein Windgesicht aufgesetzt», sagte ich und grinste.

Er nickte. «Gut gemacht. Hab ich dir von den beiden entzückenden älteren Herren erzählt? Die bei mir eingestiegen sind, weil sie ihr Auto nicht fanden? Der eine war pensionierter Richter aus Eichgraben, der andere ein Atomphysiker, sein Schwager. Der Richter musste nach Döbling, zu einer Beerdigung. Weil er grünen Star hat, fährt er nicht mehr Auto. Zumindest nicht in Wien. In Eichgraben fährt er schon, da kennt er sich aus, da muss er nichts sehen, hat er gesagt.»

«Ein Typ wie du», sagte ich.

«Der Mann war Verkehrsrichter. Ich hab ihm gesagt, dass ich manchmal meine Beine nicht spüre. Er hatte Verständnis. Weißt du, es fahren auch viele Leute mit einem Dachschaden, da wundert sich auch niemand. Ich weiß zumindest, was ich tu.»

«Aber in Trafiken geht man normalerweise zu Fuß», sagte ich.

Er lachte. Einhändig schenkte er sich nach.

«Das Problem», fuhr er fort, «war sein Schwager, der Atomphysiker. Der hat ihn nach Wien gefahren, hat aber selber Alzheimer. Ahnst du es schon? Sie fanden ihr Auto nicht mehr. Der eine konnte sich nicht mehr erinnern, was für ein Auto wir wo suchen sollten, der andere konnte es nicht sehen. Wir sind einen halben Tag lang durch Döbling gefahren, bis wir ihr Auto fanden. Aber es war eine herrliche Fahrt mit wunderbaren Gesprächen.»

Ich betrachtete den Erdbeerfrosch an der Wand. Er saß auf

einer Bromelie und wirkte angefressen, als hätte man ihm eine zu kleine Jeans verkauft. Die Wirkung der Betäubung ließ nach, ich hatte das Gefühl, jemand zöge an meiner Braue.

«Wir sehen aus wie Mitglieder der Krüppelgarde», sagte Dirko und lachte. «Das letzte Aufgebot der Menschheit. Willst du einen Schluck?»

Ich schüttelte den Kopf.

«Als hätte uns die 24-Stunden-Ameise gebissen. Justin meinte, das wäre der schlimmste aller Schmerzen. Kein Insekt sticht schmerzvoller, ich habe dir ja schon davon erzählt. Das sind echte Drecksviecher, auch wenn Justin sie liebt. Schwarze kleine Bestien. Sehen aus wie flügellose Wespen, also zumindest die Arbeiterinnen. Sie haben einen Stachel, der ist randvoll gefüllt mit einem Hammergift. Damit lähmen sie ihre Beutetiere. Beim Menschen verursacht der Stich nur Höllenschmerzen. Justin hat eine Skala erstellt, den Schmidt Sting Pain Index, weil er Justin Schmidt heißt, da geht's um die Heftigkeit des Schmerzes. Die Bullet Ant, so nennen die Amis sie, steht da ganz an der Spitze. Wir nennen sie auch Gewehrkugelameise, weil der Schmerz ungefähr so ist, als hätte man dir aus kurzer Entfernung auf die Stelle geschossen, wo du gestochen wurdest. Als würd's dich zerfetzen. Leute, die das mal erlebt haben, beschreiben es so, als würdest du bei lebendigem Leib verbrennen. Vierundzwanzig Stunden, so lange dauert es, bis der Schmerz nachlässt. Poneratoxin heißt dieses Gift. Justin hat mir erzählt, dass es am Amazonas Indianer gibt, bei denen gehören diese Riesenameisen für junge Männer wie dich zum Initiationsritual. Die betäuben die Ameisen mit Alkohol und weben sie dann in einen Blätterhandschuh, mit den Leibern nach innen. Wenn die Viecher wieder zu sich kommen, sind sie wahnsinnig aggressiv. Jetzt muss der Heranwachsende seine Hand für zehn Minuten in dem Handschuh lassen und mehrere hundert von diesen Stichen aushalten!»

Dirko schüttelte sich.

«Es hat Vorteile, nicht im Amazonasgebiet aufzuwachsen», sagte er. «Das sollten wir nie vergessen.»

«Warum tun die das?», fragte ich.

«Um sich zu wappnen», antwortete Dirko. «Um sich zu wappnen.»

Er fuhr weiter Taxi. Einhändig und ohne Kontrolle über seine Beine.

«Ich bin Taxifahrer», sagte er. «Taxifahrer fahren Taxi.»

Ich war froh, dass Ferien waren und ich nicht mit ihm in die Schule fahren musste. Dirko war eine tickende Zeitbombe im Wiener Straßenverkehr.

Stattdessen lag ich mit Minako zwischen den Schwänen bei der alten Donau. Wir schwammen, fuhren Rad und grillten in Dirkos Garten wie Leonardo da Vinci. Manchmal waren Arash und sein Bruder Tuffan dabei.

«Nimm die Flosse, Genosse», sagte Arash im Wasser zu mir. Sein Vater war Sozialist. Er warf mir seine Flosse zu. Ich zog sie an. Und schwamm wie von selbst.

«United Colours of Benetton», sagte Dirko. «Ihr seid so international wie die Pässe auf meinem Küchentisch.»

Weil das Haus an der Donau zu klein für uns alle war, schenkte uns Dirko ein Vierpersonenzelt. Wir schlugen es neben der Buddhastatue auf.

Wir kauften Eis beim Birner, mieteten uns ein Elektroboot.

Zu Hause wollte ich nicht sein. Die leere Wohnung machte

mir Angst. Papa hatte den Küchentisch dagelassen, einen Küchenstuhl, das Sofa im Wohnzimmer und die Waschmaschine, in der noch Salatreste klebten.

«Unser großer Bruder Nivaan macht Musik», sagte Arash. «Hiphop. Gegen die rechten Hurensöhne. Er hat eine Deutsche Dogge, die ist größer als du, Claude. Er hat sie Bambi genannt. Nivaan hat eine wahnsinnig kleine Wohnung in Favoriten. Wenn er abends unterwegs ist, schaltet er für die Dogge den Fernseher an. Bambi passt gerade so in die Wohnung, er stößt mit dem Kopf fast vor den Fernseher. Das ist krass. Hat dein Vater den Fernseher auch für dich eingeschaltet, als er ausgezogen ist?»

Im Zelt roch es nach Plastik, Ameisen krabbelten über den Boden in unsere Schlafsäcke. Kleine, ungefährliche Ameisen. Ich hatte meinen Holzhandschuh dabei. Ich ließ die Ameisen hineinkrabbeln.

«Magst du japanisches Essen?», fragte Minako irgendwann in den Ferien. «Meine Mutter kocht für dich.»

Sie wohnten in Floridsdorf, neben einem Obdachlosenasyl, in dem Tiere erlaubt waren. Aus dem Asyl drang unerträglicher Gestank. Vor dem Gebäude standen Obdachlose in der Sonne und rauchten.

«Morgen, Kaiserin von China», sagte ein Mann mit blutverkrustetem Gesicht.

«Guten Morgen, Fritz», sagte Minako.

«Du kennst ihn?»

«Klar, er ist doch mein Nachbar, also immer wieder mal. Ich hab ihn im Winter in der Nähe vom Birner völlig unterkühlt unter der Brücke gefunden und dann hergetragen.»

Ich blickte sie an. Minako wog höchstens 40 Kilo, der Obdachlose war ein Bär von einem Mann.

Minakos Mutter war kaum größer als sie. Sie hatte kurze Haare und einen lustigen Akzent. Sie hieß Asuka. Der Duft von morgen. Sie war Tänzerin gewesen und mit ihrer Company in der ganzen Welt aufgetreten.

«Haha war eine tolle Tänzerin», sagte Minako.

«Haha?»

«Das heißt Mama, so nenn ich sie. Es gab eine Performance, bei der sie aufrecht nach hinten gefallen ist, ohne sich abzustützen. Das hat sie ein paar hundert Mal gemacht, ein paar tausend Mal geübt. Sie ist einfach wie ein Brett nach hinten gekippt. Damit hat sie sich den Rücken ruiniert.»

«Kann sie jetzt nicht mehr tanzen?»

«Nicht so, wie sie müsste. Sie unterrichtet jetzt im Tanzquartier.»

«Und du kannst trotzdem so schlecht tanzen, dass sie dachten, du heißt Renate?»

Minako lachte. «Das sind die Tanzgene meines Vaters. Er konnte auch nicht tanzen, dafür kann ich so wie er gut Menschen finden.» Sie schloss die Haustür auf.

«Du bist Claude», sagte Minakos Mutter und verbeugte sich leicht. «Herzlich willkommen.»

Ich hatte Mamas Audioguide aus Tokio mitgenommen.

«Deine Mutter war beim großen Erdbeben dabei?», fragte Minakos Mutter.

Ich nickte. Wir hörten uns gemeinsam die Stelle an, an der das Erdbeben losging. Auf Japanisch und Englisch.

«Vielleicht hat das Erdbeben in deiner Mutter ein inneres

Erdbeben ausgelöst, dass sie heute so durcheinander ist», sagte Minako.

«Und weil das Erdbeben so stark war, hat mein Vater auch was abbekommen?», fragte ich.

Asuka strich mir übers Haar.

«Komm, essen wir», sagte sie. «Ich habe Chanko-Nabe gemacht, ein Eintopf, von dem sich Sumo-Ringer ernähren. Ich glaube, das ist für dich genau das Richtige.»

Dazu gab es Tsukemono, eingelegtes Gemüse, und Unagi Kabayaki, mit süßer Sojasauce gegrillten Aal. Minako hatte wieder kleine Frösche aus Birnen und Karotten geschnitzt.

«Haha», sagte Minako. «Das war großartig.»

Ich nickte.

«Und du wohnst wirklich ganz alleine, Claude?»

«Papa ist mit seiner Freundin nach Griechenland gefahren. Ihr letzter Urlaub ohne Kind, haben sie gesagt.»

«Ha, da hat dein Vater wohl mal kurz vergessen, dass er schon Kinder hat», rief Minako.

«Und deine Mutter?»

«Keine Ahnung.»

Wir aßen zum Nachtisch gestampften Klebereis. Minakos Mutter saß aufrecht und breitbeinig auf dem Stuhl, als ritte sie ein Pferd.

«Das ist sehr ungewöhnlich», sagte sie.

Zwei Wochen später rief Papa mich an.

«Geht's dir gut, Claude?»

«Ist das eine ernsthafte Frage?»

«Natürlich. Wir haben dir eine Karte geschickt. Ist die schon angekommen?»

«Nein.»

«Na ja, nicht so schlimm. War nur eine Postkarte. Meer, Sonne, weiße Häuser, kennt man ja eh. Du glaubst nicht, wie schlecht es den Griechen geht. Jeder dritte arbeitslos, Rentner leben von 300 Euro, sogar die Musikschulen haben sie geschlossen. Kannst du dir das vorstellen? Die würden am liebsten alle nach Österreich kommen, dann wird's atonal. Es gibt kaum gute Posaunisten in Griechenland. Übst du?»

«Ich hab Ferien.»

«Natürlich. Genieß die freien Tage. Pass auf. Ich habe mir das jetzt alles mal durchgerechnet, Claude. Drei Wohnungen, das ist ein wenig Onassis-Style, finde ich. Ich gebe Mama Geld, ihre Miete, unsere Miete in Linz, die große Wohnung für dich. Ich werde mir da irgendetwas überlegen müssen, um nicht auch griechische Verhältnisse zu bekommen.»

«Soll ich zu euch ziehen?»

«Nein, das wäre keine gute Idee, Claude. Ich denk mir etwas aus. Mach dir keine Sorgen, das werden wir schon hinbekommen. Brauchst du etwas?»

«Meine Familie.»

Papa lachte. «Weißt du, auch wenn ich nicht bei dir wohne, ich bin trotzdem dein Vater. Deine Familie wirst du nicht los, egal wie weit entfernt sie ist. Merk dir das, Claude. Ich melde mich wieder.»

Ich schaute aus dem Fenster auf den Vermählungsbrunnen. Der Platz war wie ausgestorben. Die Hitze trieb die Menschen in den Schatten. Vor dem Haushaltswarengeschäft Waniek stand eine alte Frau regungslos mit einem hellblauen Riess Topf in beiden Händen, als wäre sie ein Denkmal. Ich beugte mich vor und sah am Taxistand einen Gips aus dem Seitenfenster ragen.

Vom Würstelstand stieg der Geruch heißer Käsekrainer auf, die auf Kundschaft warteten. Ich stellte mir vor, wie die Käsekrainer in der heißen Luft diffundierten, bis in der gegenüberliegenden Gelateria auch das Vanilleeis nach Wurst schmeckte. Die Stadt ruhte. Ob bei solchen Temperaturen früher Hinrichtungen abgesagt worden waren? Ich schaute auf meinen Schreibtisch, um zu sehen, ob das Papier sich bereits wellte.

Ahnte Mama, dass Mathilda schwanger war? Ich wusste nicht einmal, ob die beiden miteinander redeten. Ob Broni mit war in Griechenland? Wahrscheinlich nicht, er hätte ihre Zweisamkeit ja genauso gestört. Ich merkte, wie ich fast hoffte, dass er auch nicht mitgenommen worden war.

Ich dachte an Erwin Hagedorn. Dirko hatte mir von ihm erzählt. Hagedorn war der letzte zum Tode Verurteilte, der in der DDR hingerichtet worden war. Durch einen unerwarteten Nahschuss in den Hinterkopf. Er wurde in einen Raum gebracht, in dem sich mehrere Beamte befanden. Was ihn erwartete, wusste er nicht. Ein Polizist bewegte sich langsam hinter Hagedorn auf ihn zu und schoss. Man sprach damals in der DDR-Sprache nicht von *Vollstreckung*, sondern von *Verwirklichung*.

Meine Eltern verwirklichten auch mein Leben. Wie plötzlich alles geschehen war! Wieso hatte ich nicht früher bemerkt, was da auf mich zukam? Ich hatte mich zu sehr damit abgefunden, dass Mama ein Satellit ist, der sich in fremden Umlaufbahnen wohler fühlt. Ihr Leben ohne mich war schlüssiger. Die Innere Oma hatte Mama wahrscheinlich schon als Kind vor allem wie jemanden behandelt, der ihr etwas wegaß. Deshalb wohl suchte Mama sich andere Tische mit fremden Speisen, die die Innere Oma ihr nicht streitig machen würde.

Papa wurde von seinem Hodensack dirigiert. Seine Hoden bestimmten, wie er dachte, wie er fühlte, was er sagte. Er blies in Posaunen und damit seine eigenen Hoden auf.

«Sex ist ein Supermarkt mit vielen Regalen», sagte er einmal.

Für mich war in diesem Supermarkt kein Platz.

Als ich mit Papa in Linz in seinem Institut war, hatte er eine Besprechung. Er sagte, ich solle auf ihn warten. Also setzte ich mich in eins der lieblos eingerichteten, nüchternen Zimmer. *Aufenthaltsraum* hatte auf einem Schild an der Tür gestanden.

Ein graugesichtiger Mann kam in den Raum.

«Was machst du da?», blaffte er mich an.

«Ich warte», antwortete ich.

«Das hier ist ein Aufenthaltsraum», sagte er zornig. «Raus mit dir.»

Verwirrt verließ ich den Raum. Ich wusste nicht, was ich tun sollte. Mich in Luft auflösen?

«Alles klar?», fragte Papa, als er aus seiner Besprechung kam. Nichts war klar. Ich fühlte mich überfordert. Mein Körper war im Weg. Meine Eltern hatten Aufenthaltsräume erschaffen, in denen ich mich nicht aufhalten durfte.

Seit den Veränderungen zog ich mir oft stundenlang die Decke über den Kopf. Ich suchte einen Platz, an dem ich geschützt war. Die Welt konnte mich nicht erreichen. Unter der Decke war Leo, ein sicherer Ort. Ich Fickfehler einer Kirmeshure.

Arash hatte mir einen Aufkleber geschenkt. *Schockier deine Eltern, geh ins Kloster!*

Die Wohnung war ein Schweigekloster, mit Gebeten, aber ohne Gott.

Auf der Straße ging eine Gruppe aufgekratzter Touristen in der prallen Sonne zur Ankeruhr. Sie trugen alle Rucksäcke in der gleichen Farbe. Vielleicht waren sie Teilnehmer des Homöopathiekongresses, der gerade in Wien abgehalten wurde. Gibt es Globuli für vergessene Kinder?

Von meinem Fenster aus sahen sie aus wie ein aufgeregter Insektenschwarm. Früher war der Hohe Markt einmal einer der schönsten Plätze der Kaiserstadt gewesen. Das Palais Sina war im Krieg zerstört worden, ebenso das Palais Arnstein. Für Touristen gab es immer noch als große Attraktion die Ankeruhr. Eine prachtvolle Jugendstiluhr, die quer über die ganze Gasse reicht. Immer zur vollen Stunde bewegt sich irgendeine Persönlichkeit aus der Wiener Geschichte über die Brücke, während Musik erklingt. Ich hätte eher all die Hingerichteten über die Brücke gehen lassen.

Die Homöopathen zückten ihre Handys und Fotoapparate und schossen Bilder fürs Archiv.

Das sagte Mama immer, wenn es blitzte. «Gott macht Fotos fürs Archiv.»

Ich war ein Bild in einer ihrer unausgepackten Kisten. Und so viele Globuli, wie ich brauchte, hätten auch alle Homöopathen des Kongresses nicht gehabt.

Minako war mit ihrer Mutter nach Apulien gefahren, Arash mit seinen Eltern und Geschwistern nach Teheran. «Tränenferien» nannte er das.

«Im Iran wird bei Familientreffen durchgeweint», hatte er mir vor der Abfahrt erklärt. «Unsere Familie ist eine einzige Tränendrüse, wenn man sich endlich wiedersieht. Mein Vater weint im Arm seiner Mutter, mein Großvater in meinem. Sogar mein harter Hurensohnbruder ist klitschnass.»

«Und Bambi? Was macht Bambi so lang?»

«Keine Ahnung. Bambi lernt wahrscheinlich das gesamte Ferienprogramm des ORF auswendig.»

«Von den Kochsendungen im Fernsehen wird er aber nicht satt», sagte ich.

«Du hast recht», sagte Arash. «Ich werde mit meinem Bruder reden.»

Am nächsten Tag gab er mir Nivaans Wohnungsschlüssel. Ich versprach ihm, den Riesenhund regelmäßig zu füttern.

«Was isst er eigentlich?»

«Was glaubst du? Wir sind Moslems. Sozialisten, aber Moslems. Sein Fressen muss halal sein. Neun bis zehn Hammel wird er schon fressen am Tag.»

Ich verließ unsere Wohnung, Nivaans Schlüssel in der Hose. Im Treppenhaus war es angenehm kühl. Als ich die Haustür öffnete, war es, als beträte ich eine Sauna. Ich ging an Dirkos Taxi vorbei und schüttelte ihm vorsichtig den Gips.

«Schalt mal diese Wärmelampe ab», sagte er. In seinen dichten Augenbrauen perlte Schweiß.

«Mach ich», antwortete ich. «Aber zuerst muss ich ein Riesenbaby retten.»

«Rette dich selbst, Blue Jeans. Da hast du genug zu tun.»

Ich klopfte auf seine Motorhaube, die noch immer zerkratzt war von dem Besuch im Zeitungsladen.

«He, soll ich dich nicht fahren?», rief Dirko aus dem Wagen. «Es ist eh nichts zu tun.»

«Nein, lieber nicht. Ich will meinen vierzehnten Geburtstag noch erleben», rief ich zurück und ging zur U-Bahn.

Die Menschen starrten in ihre iPhones. Vier Männer in Sommeranzügen lehnten an der Tür der U4. Sie trugen Umhängetaschen eines Kongresses für Gebärmutterhalskrebs.

Ich fragte mich, ob sich Schulmediziner und Homöopathen in den Kongresspausen trafen und in die Haare gerieten. Bachblüten gegen Chemotherapie.

Zwei Frauen standen direkt neben mir. «Du bist ganz schön schwer für jemanden, der eine Diät macht», sagte die Schlankere der beiden.

«Ich ernähre mich wie Erich Mühsams Eichhörnchen», sagte die Dickere resignativ.

«Hä? Kapier ich nicht», sagte die Schlanke.

Ein Deutscher telefonierte. «Adolf Hitler, leck mich anne Fut», rief er in sein Handy.

Er trug ein T-Shirt, auf dem *Crazy Horst* stand.

Die Fenster der U-Bahn waren geöffnet, aber ich hatte das Gefühl, von draußen dränge noch heißere Luft hinein.

Am Karlsplatz stieg ich um in die U1 zum Reumannplatz. Es roch unerträglich. Die U1 bekommt den gesamten Geruch der Kanalisation ab. Bevor Dirko mich fuhr, musste ich immer in der Taubstummengasse aussteigen, als ich noch ins Theresianum ging. Ich roch für mich selbst oft so, als wäre ich der Dritte Mann, der ins Abwasser gefallen war.

In der U1 saß ich einer Tirolerin gegenüber. Sie war wohl Frauenärztin, entnahm ich ihrem Telefonat. Schade, dass sie nicht die verschwitzten Gebärmutterhalskrebstypen getroffen hatte. Die fünf hätten sich sicher einiges zu erzählen gehabt.

Ich begriff nicht, mit wem sie sprach, erfuhr aber, dass sie aus dem Kaunertal kam. «Von einer Oberlandlerin kriegst du schwerer ein Busserl als von einer Unterlandlerin ein Kind», sagte sie. Ihr *K* krachte durch die heiße Wortlosigkeit des Waggons. Sie sprach wie der dicke Posaunist in Papas Kurs.

Offenbar war sie geschieden. Ihr Exmann sei *weiberleutig* gewesen und jetzt mit einer anderen zusammen, die zwei Kinder habe. *Beutekinder* seien das.

Ich war dann wohl das Gegenteil eines Beutekindes. Ob man mir ansah, dass ich verlassen worden war? Sieht man das Kindern an? Die Tirolerin sah mich gar nicht an. Sie war in ihr Telefon versunken.

«Ja, das stimmt. Am schönsten sind Lawinenleichen», sagte sie. «Braun gebrannt und gesund schauen sie aus. Ich hab einen Bildband mit allen Lawinenabgängen von Kühtai, mit Opferangaben und Lawinenverlauf.»

Was die Leute für Realitäten hatten. Die Gespräche über Lawinen wirkten immerhin kühlend.

«Mich haben sie einmal zu einer Bäuerin gerufen wegen eines Totenscheines», krachte sie ins Telefon. «Ihre Schwester war gestorben. Ich fand die Tote in der Küche. Sie war mit einer Ofenzange erschlagen worden, die lag noch daneben. Die Bäuerin wollte, dass ich bestätige, ihre Schwester sei gegen den Ofen gestürzt. Ich sagte, Maria, *du* hast sie erschlagen, nicht der Ofen. Ich hab mich geweigert zu lügen. Die ganze Familie hat ab diesem Moment meine Praxis gemieden.»

Sie lauschte ins Telefon und nickte.

«Für die sind wir Ärzte geldige Leut, Studierte halt. Kennst du die Frau vom Mittelhof? Marlies?»

Das *K* von *Kennst* krachte wie ein Gewitter.

«Ich hatte Marlies' Mutter schon wochenlang nicht mehr gesehen. Immer wenn ich am Hof war, war die Tür der Mutter verschlossen. Schließlich ließ ich sie aufbrechen. Was machst denn, Frau Doktor, schrie Marlies. Ihre Mutter war seit zwei Wochen tot. Die Bibel auf der Brust, ein Kreuz auf die Stirn gemalt. Die Mumifizierung hatte bereits eingesetzt. Maden im Bett. Ein unglaublicher Geruch.»

Die Tirolerin lachte laut.

«Ja, den kenn ich. Den Irren von der Post. Dessen Mutter komplett verwahrlost war. Ich hab sie ins Krankenhaus überstellen lassen. Wo ist die Mama, hat der Irre mit der hohen Stimme gebrüllt. Wir waschen die Mama, hab ich gesagt, die war ja ganz verdreckt. Und da hat er mich ungläubig angeschaut. Man muss die Mama nit waschen, die ist doch schon viel zu alt zum Baden.»

Am Reumannplatz stieg ich aus. Die Dönerspieße drehten sich schlapp, das Fleisch sah aus, als müsste man ihm auch bald ein Kreuz aufmalen. Ich ging am Amalienbad vorbei zur Puchsbaumgasse. Hier wohnte Nivaan. Das Treppenhaus war düster. Nach der Helligkeit auf dem Platz mussten sich meine Augen erst an die Dunkelheit gewöhnen.

Es roch muffig. Mit Hiphop ist es schwer, in Österreich Geld zu verdienen. In Nivaans Stock war die Bassena aus der Wand gerissen, Müllsäcke lagen vor der Wohnung seiner Nachbarn. Ich schloss die Tür auf und stand direkt vor dem riesigen Hund. Er drehte müde seinen Kopf. Die heiße Luft stand in der Wohnung, obwohl die Rollos heruntergelassen waren. Der Kopf der Dogge war tatsächlich nur wenige Zentimeter vom Bildschirm entfernt. Die Sendung *Heute Leben* lief, gerade war ein Gewinnspiel für Anrufer dran. *Rechts oder links* hieß das Spiel. Auf einer Graphik wurden Räder gezeigt, die ineinandergriffen, die Anrufer mussten angeben, ob sich das folgende Rad nach rechts oder links bewegen musste, damit das nächste sich drehte.

«Rechts», sagte die Anruferin.

«Nein, rechts ist nicht so gut», sagte der Moderator Wolfram Pirchner.

Die Anruferin schwieg.

«Wenn rechts nicht so gut ist, was vermuten Sie, was wäre dann die bessere Lösung?»

Er lächelte in die Kamera.

«Rechts», wiederholte die Anruferin. Eine offenbar ältere Frau mit steirischem Dialekt.

«Rechts ist keine gute Antwort», sagte Pirchner. «Also, endgültige Entscheidung: rechts oder links?»

«Rechts», sagte die Anruferin.

Bambi jaulte leise. Ich zog das Rollo auf und lüftete. In der Ecke lag ein Haufen Hundescheiße, es roch nach Pisse. Auf dem Boden war eine Matratze, das Gewand lag verstreut im Zimmer herum. Für diese Wohnung gab es in Paris niemanden, der Sicherheitscodes verwaltete. Espen hätte gestaunt, wie man leben kann.

Auf einem Sneakersberg lag die Leine. Ich band sie Bambi um. Er reichte mir beinahe bis zur Schulter.

«Fernsehpause», sagte ich und ging mit ihm spazieren.

Ich besuchte Bambi täglich. Mit dem Rad fuhr ich nach Favoriten, um die Hitze und die Gerüche in der U-Bahn zu vermeiden. Auf der Fahrt hörte ich Songs von Nivaan.

«Geh doch nach gestern», war mein Lieblingslied.

Seit meinem dritten Lebensjahr hab ich nen Stempel auf der Stirn,
Asylant, Kanackenkind ohne Herkunft auf Papier.
Das ist grün-weiß-rote Diktatur mit 'nem Vollbart.
Kommst du aus Iran? Halt die Fresse, wenn der Zoll fragt.
Frag mich, ob ich Stolz hab, ja, Habibi, und nichts anderes.
Und wär dein Opa auch ein Hengst, hättest du viel Verwandtes.
Allein 500 Cusengs hab ich von Mamas Seite.
Rechne ich Vaters Seite mit, wär ich erst morgen fertig.
Islam statt Daham.
Pummerin statt Muezzin.
20 Jahre Staatsbürger kumm ma ned mit umaziehn.
Deutschstaat, nix verstehn.
Frauenstaat, Kopftuchzwang.
Halt besser die Fresse, Junge, sonst gibt's 'ne Kopfnuss, Lan.
Kuck, ich spuck auf dein Verein,
Und fick ich deine Mutter, ist dein Blut auch wieder rein.

Das hörte ich, während ich über den Ring fuhr, vorbei an der Börse, der Universität, dem Rathaus, dem Burgtheater, dem Parlament, dem Heldenplatz. Der Fahrtwind war angenehm.

Die Leine hängte ich in Favoriten an den Lenker. Bambi trabte neben mir zum Laaer Berg, vorbei an der Ankerfabrik. Wir fuhren zum Böhmischen Prater, an den einhundertfünfzig Jahre alten Fahrgeschäften, dem Karussell und dem kleinen Riesenrad entlang.

Bambi blickte mich an wie jemand, der sich analog nicht mehr auskennt. Ich stellte mir vor, dass er, zwischen Fernseher, Tonstudio und Hiphop-Konzerten pendelnd, noch nie einen Baum gesehen hatte. Er pinkelte auch nicht an Bäume, sondern nur an Mülltonnen. Das kannte er wahrscheinlich, wenn er mit Nivaan nachts durch die Clubs zog.

Abends schlief ich im Zelt in Dirkos Garten und kämpfte mit den Gelsen.

In einer sternenklaren Nacht schrieb ich einen Brief an Mama. Über Minako, Arash, Bambi, meine neue Schule, die Stille in der Wohnung, die wie Ohrenschmerz war. Ich schrieb ihr, dass die Markierung im Türstock noch immer die gleiche war, von meinem ersten Kuss und Minakos totem Vater. Dass ich Minako vermisste, anders als dich, Mama. Dass ich immerhin wusste, wo sie war, ich habe mir Bilder von den Trulli angeschaut, diesen merkwürdigen, kleinen Häusern in Apulien mit ihren spitzen Steinhauben.

Ich bin traurig, Mama, schrieb ich.

Anschließend setzte ich mich an die Donau und faltete den Brief zu einem Boot. Ich ließ ihn zu Wasser. Er trieb Richtung Donaudelta, ans Schwarze Meer.

Am Viktor-Adler-Markt kaufte ich beim Türken drei Kilo Hammelfleisch. Er gab mir die Knochen gratis dazu. Der Markt war fast leer, die Markisen waren aufgespannt, im Schatten saßen ein paar Männer und tranken Tee.

In der Puchsbaumgasse lief ich wieder durch das vermüllte Treppenhaus. Nivaans Wohnungstür stand offen; es sah aus, als wäre sie eingetreten worden. Es war eine einfache Holztür, man brauchte wahrscheinlich gar nicht so viel Kraftaufwand, um sie zu öffnen. Kurz überlegte ich, ob Bambi mit dem Fernsehprogramm so unzufrieden gewesen war, dass er sein Heil in der Flucht gesucht hatte. Aber Bambi lag vor dem Fernseher in einer Blutlache. Ohne Kopf; der lag auf Nivaans Bett. An die Wand hatte jemand *Hurensohn* geschrieben.

«Ich hab keine Nummer von Arash in Teheran», sagte ich.

Dirko stand in der kleinen Wohnung in Favoriten. Er hatte die Fenster weit aufgerissen, damit der Verwesungsgeruch sich wenigstens ein bisschen verflüchtigte.

«Wir müssen ihn beerdigen», sagte Dirko. «Wir können den hier nicht liegen lassen.»

Nivaan wohnte im zweiten Stock. Wir trugen zuerst den Kopf, eingewickelt in ein Bettlaken, ins Taxi. Er allein war schon überraschend schwer.

Aber der Körper wog fast hundert Kilo. Dirkos Gips war blutig, zweimal stürzte er, weil ihm die Beine versagten. Schließlich lag der geköpfte Hund auf der Rückbank.

Ich ging noch einmal hinauf, um den Fernseher auszuschalten.

Wir fuhren zum Polizeikommissariat Favoriten in die Van-der-Null-Gasse.

«Van der Nüll, der arme Hund», sagte Dirko und wischte sich den Schweiß mit dem blutigen Gips von der Stirn. «Er hat die Staatsoper gebaut. Der erste Monumentalbau am Ring. Als die Oper fertig war, hagelte es Kritik. Ein Königgrätz der Baukunst nannten die Leute den Bau, auch der Kaiser meldete sich mit herber Kritik: Die Oper sehe aus wie eine versunkene Kiste. Das alles hat den armen van der Nüll so getroffen, dass er sich umbrachte, obwohl seine Frau im achten Monat schwanger war.»

Ein Polizist, der so dick war, dass er aus seiner Uniform quoll, nahm den Fall auf. Die Knöpfe seines Hemdes kämpften um ihr Leben, das Fleisch verlangte dem Hemdstoff alles ab, die Polizeimütze war zu klein für den massigen Kopf. Der Beamte schwitzte stark, er sah aus wie ein sprechender Schweißfleck.

Er weigerte sich, mit uns zum Taxi nach draußen zu gehen, wir mussten die Leichenteile in sein Büro schaffen.

«Ein Taxler mit Gips», fragte der dampfende Polizist kopfschüttelnd. Schweiß rann ihm die Stirn herunter.

«Ich lenk mit den Füßen», antwortete Dirko.

Der Polizist lachte. Gut, dass er nicht wusste, wie bedrohlich realitätsnah Dirkos Satz war.

Der Polizist betrachtete Bambis abgetrennten Kopf.

«Unsaubere Arbeit. Ich tippe auf Fleischermesser», sagte er. «Oder Säge. Habe die Ehre. Allein aus dem Kopf könnt man fünf kleine Hunde machen. Großer Hund, kleiner Schwanz. Der Schwarzkopf hat sich mit den falschen Jungs angelegt. Jungs, die nicht wollen, dass er ihre Mutter fickt. Er und seine Leute. Die führen hier ihren kleinen Privatkrieg, die Dunklen und die Unsrigen.»

«Was passiert jetzt mit dem Hund», fragte ich.

«Ist freigegeben. Sie können ihn mitnehmen. Ein letztes Mal Gassi gehen. Hier bleibt das Kalb jedenfalls nicht.»

Wir begruben Bambi im Laaer Wald. Dirko hatte eine Schaufel im Wagen. Aufs Grab steckten wir einen dicken Ast.

«An dem werden sich Generationen von Leichenwürmern satt essen», sagte Dirko.

Ich ritzte Bambis Namen ins Holz.

Später fing es, endlich, an zu regnen. Der Schweiß Gottes prasselte in Dirkos Garten. Wir saßen in seinem kleinen Häuschen.

«Es sah furchtbar aus, wie Bambi dalag», sagte ich.

Dirko nickte. «Das sind kaputte Typen», sagte er finster. Mit einem feuchten Tuch wischte er sich die Blutspuren vom Gips. «Ich stell mir die Schöpfung so vor, dass Gott die Erde erschaffen hat und dann die Engel gesagt haben, das ist aber ungerecht den ganzen anderen öden Planeten gegenüber, all die Seen, Wälder und Berge. Und dann hat Gott gesagt, ja, das stimmt, aber wartet mal ab, was ich da für Leute reinsetze.»

«Wie kann man einem so freundlichen Hund den Kopf abschneiden», sagte ich.

«Was Menschen Tieren antun», antwortete Dirko. «Ich war mal in Mexiko in einem Hühnerpuff. Ich hab's nicht geglaubt, bis ich es mit eigenen Augen gesehen habe. Die geilen Böcke gehen da rein und suchen sich ein Huhn aus, das sie ficken. Und kurz, bevor sie kommen, schlagen sie dem Huhn den Kopf ab. Die Kloake zieht sich dann zu und du siehst zufrieden grinsende Mexikaner mit dem Schwanz in einem blutigen Huhn. Und in Asien rasieren sie Orang-Utan-Weibchen am ganzen Körper und ziehen ihnen Frauenkleider an, dann kannst du sie mieten und Sex mit ihnen haben. Die Affen sind angekettet dabei. Eine schöne Form von Tierliebe, was?»

Dirko kratzte von seinem Gips ein kleines Stück Fell, an dem noch Fleisch hing.

«Was in den Köpfen deiner Mitmenschen abläuft, willst du oft gar nicht wissen, Blue Jeans. Abgesehen davon, dass meistens verblüffend wenig abläuft. Egal, ob in meiner alten Heimat oder am Reumannplatz, in Russland oder Singapur.»

Später rösteten wir auf dem kleinen Ofen Brot. Dirko bestrich die Brote mit Tomaten, Knoblauch und Olivenöl. Durch das Fenster sah ich die roten und grünen Lichter der Donaufrachter. Der Regen prasselte auf da Vincis Grillmaschine und auf Buddha.

«Aber zwischen dem Irrsinn gibt es lichte Momente», sagte Dirko und goss sich ein Glas Vranac ein. «Kleine Dinge, über die man sich freut. Kennst du Frau Krause aus dem vierten Stock? Die neben Kleefisch wohnt, unserem Lieblingsspinner? Ich hatte Mäuse in meiner Wohnung, und da hab ich die alte, fette Krause gefragt, ob sie mit ihrer Katze vorbeischauen könnte. Der Krause ist ja unglaublich fad, sie ist zu geizig für Fernsehgebühren. Sie sitzt am Sofa, frisst und schaut ins ewige Nichts. Neben sich ihre Katze. Sie war ganz aufgeregt. Zum ersten Mal seit Jahren, dass es eine kleine Aufregung in ihrem kleinen, überschaubaren Leben gab. Wir standen nebeneinander in meiner Küche und beobachteten ihr degeneriertes Viech. Zwei Mäuse saßen unter dem Kasten. Die Katze bewegte sich nicht. Wenn du nur Stillstand erlebst daheim, kannst du nicht plötzlich aktiv sein. Frau Krause setzte ihre Katze näher an die Mäuse, nichts. Als wüsste sie nicht einmal, was Katzen normalerweise mit Mäusen tun. Schließlich hockte sich Frau Krause neben ihre neuroleptische Katze auf den Boden, fixierte die Mäuse und sprang plötzlich auf sie drauf. Kannst du dir das vorstellen? Die Frau ist fast so dick wie deine Großmutter. Aber sie hat es geschafft. Sie hat sich auf die Mäuse geworfen und sie unter ihrem massigen Körper begraben. Damit hatten die Mäuse nicht gerechnet. Von einer gelangweilten Rentnerin erdrückt zu werden. Ein großartiges Bild. Sie stand auf, und die Mäuse lagen platt da. Dann hat sie ihre funktionslose Katze auf den Arm genommen und im Triumph meine Wohnung verlassen. Ein Pfundskerl, diese Frau Krause!»

Er lachte und goss sich nach.

«Komm», sagte er. «Genießen wir die Gratis-Dusche.»

In Unterhosen stellten wir uns im Garten in den warmen Regen.

«Behältst du jetzt diese Zahnlücke für immer?», fragte die Innere Oma und löffelte Püree aus einer großen Schüssel. Ich stellte mir vor, dass sie sich wie Michel Piccoli in «Das große Fressen» irgendwann über die Brüstung ihres Balkons hängen würde, um lautstark die Luft aus ihrem aufgepumpten Bauch zu lassen.

«Papa sagt, es ist zu teuer.»

«Dein Vater ist ein Dummkopf. Ich würde dir den Zahn ja zahlen, aber ich sehe das wirklich nicht als meine Aufgabe an, Claude. Niemand hat deinen Vater gezwungen, sich mit diesem deutschen Mädchen fortzupflanzen. Er verjubelt sein bisschen Geld mit seinen Genitalien.» Ihr Mund kam mit dem Schlucken des Kartoffelbreis kaum nach. In beiden Mundwinkeln klebte Püree.

«Seit dem Brief habe ich nichts mehr von Mama gehört», sagte ich.

«Was willst du von mir hören, Claude. Soll ich meine Tochter kritisieren? Ich will nicht, dass du in diesem Ton über sie sprichst.»

«Von welchem Ton redest du? Ich habe doch nur gesagt, dass sie sich nicht meldet.»

«Sie ist erwachsen. Und sie hat, Gott sei Dank, ihren eigenen Kopf. Weißt du, wie unerträglich ich es finde, wenn du mich so anjammerst? Du nur herkommst, um dich zu beschweren? Ich war mit ihr, Vancho und Broni essen. Südamerikanisch. Es geht den dreien gut. Das war ein schöner Abend, Broni war entzückend, wir haben um die Wette Spareribs gegessen, wir hatten Spaß. Sie überlegen, in die Anden zu gehen. Noch was?»

«Ich wusste bis jetzt nicht mal, wie Mamas Freund heißt.»

«Vancho. Jetzt weißt du es.»

Die Innere Oma erhob sich langsam. Im Stehen hüpfte sie wieder leicht, damit das Fleisch ihrer Oberschenkel sich ordnen konnte. Ohne diese Hüpfbewegung nach dem Aufstehen konnte sie gar nicht gehen. Sie verließ das Wohnzimmer und kehrte mit einem Teller Waffeln zurück.

«Vermisst sie mich? Habt ihr über mich gesprochen?»

«Nein, wir haben nicht über dich gesprochen. Sprichst du über mich, wenn du mit deinen Freunden sprichst? Sicher auch nicht. Ist das eigentlich die Pubertät bei dir? Dass du so ichbezogen bist? Du könntest mich zum Beispiel mal fragen, wie es mir geht. Da du das nicht tust, gebe ich dir ungefragt eine Antwort. Ich beiße mich schon durch. Danke der Nachfrage.»

«Wer fragt mich, wie es mir geht, Oma?»

«Wer fragt mich, wie es mir geht?», äffte sie mich nach. «Claude. Dass dein Vater das Liebesnest mit seiner kleinen Sexbombe in der Stahlstadt einem Leben mit dir hier in Wien vorzieht, ist seine Entscheidung. Ich habe keine Lust, mir unentwegt dein Klagen darüber anzuhören. Gut, nun wohnst du halt

allein. Ich wohne seit zwanzig Jahren allein. Wenigstens hast du keinen Enkel, der dir die Ohren vollheult.»

«Ich heule nicht. Ich bin gekränkt. Ich bin verzweifelt. Als hätten sie mich aus ihrem Leben gekippt, als hätte ich Lepra. Als wäre ich aussätzig. Wie ein Hund, den man auf dem Weg in den Urlaub an einer Tankstelle aussetzt. Aber ich war auch ein Familienhund. Das war meine Familie!»

«Das ist ein wirklich unerfreulicher Besuch, Claude. Willst du meiner Tochter jetzt vorwerfen, sie sei eine schlechte Mutter?»

«Woher soll ich das wissen? Sie ist ja nicht da!»

«Ich glaube, es wäre besser, du gehst jetzt. Es wäre besser gewesen, du hättest mich nicht besucht.»

Sie stand auf, richtete ihre Kilos, ging zur Tür und öffnete sie.

«Hier geht's raus», sagte die Innere Oma.

Vor unserem Haus war eine kleine Menschenversammlung. Ein Notarztwagen stand auf dem Gehsteig vor dem Vermählungsbrunnen. Auf der Türschwelle lag eine Frau um die vierzig, eine Notfallärztin kniete neben ihr. Die Frau schien bewusstlos. Die junge Notfallärztin sprach mit einer Bekannten von ihr, wie es schien.

«Schlägt ihr Mann sie?», fragte die Ärztin. «Die Hämatome deuten darauf hin.»

Die Bekannte nickte.

«Dann hat sie es wohl verdient», sagte die Ärztin.

Die Bewusstlose wurde auf eine Trage gelegt und in den Krankenwagen geschoben. Die Notfallärztin wirkte unbeteiligt. Leise vor sich hin summend füllte sie ein Formular aus.

Im Treppenhaus sah ich Kleefisch. Er schob einen Brief unter Dirkos Tür durch. Als er mich erblickte, machte er ein merkwürdiges Geräusch, es klang wie ein Uhu auf Ecstasy. Er wischte mit dem Arm durch die Luft, als wäre er der Dirigent eines unsichtbaren Orchesters, und lief dann an mir vorbei. «Scheiße, Scheiße, Scheiße», nuschelte er im Weggehen.

Die Anden. Ich sah mir im Internet Bilder an. Der Südteil der Amerikanischen Kordilleren. Karge Berglandschaften, Lamas, Alpakas, Guanakos und die kleinsten der Andenkamele, die Vikunjas. Kondore, Riesengürteltiere, Chinchillas, Pudus, Bergtapire, Dagus. Tiere, von denen ich noch nie gehört hatte.

Wahrscheinlich würden sie in den mittleren Abschnitt gehen, ins Zentrum der Andenmusik. Nach Peru, Bolivien, Nordchile oder Nordargentinien. Ich tippte auf das zentrale Hochland, das Altiplano. Der Titicacasee. Das Zentrum des Inkareichs Cuzco befand sich nördlich dieser Hochebene. Broni würde in sehr dünner Luft aufwachsen, zwischen Pumas und Jaguaren, immerhin Tiere, die ich kannte.

Vancho, ein blöder Name. Gab es in Peru auch peruanische Straßenmusiker? Oder hatten sie dort umgekehrt Trachtenkapellen aus Tirol?

Ich googelte Vancho. Im Urban Dictionary stand:

Vancho

Vancho is a person with the great charisma and very strong positove influence on any kind of people around. Everyone is just amazed by his energy and directly and indirectly he can lead people to great things in their lives.

Vancho knows what he is good at, even when he doesn't show it often. He is helthy selfconfident which brings him a lot of benefits in his life, very hard-working and strong-minded.
As a friend he never let you down and always help you, as a partner always support you in anything you want to do. There are only few people in the world as him and it is always a treasure to have him in your life.

A *positove* influence. Auf mein Leben hatte er keinen positove Einfluss. Für mich war er nicht *helthy*.

Im Briefkasten lag eine Postkarte von Minako. Ein Seestern, dem sie ein Lächeln aufgemalt hatte.

> *Lieber Claude, wir sind in Santa Caterina. Aber irgendwie bin ich auch bei dir. Zauberei. Hex Hex. Den italienischen Stiefel verwandele ich bald in einen Siebenmeilenstiefel, mit dem ich zu dir laufe, so schnell ich kann. Ich hoffe, dir geht es gut. Wenn nicht, ein Ratschlag: If life gives you lemons, just make lemonade. Haha grüßt dich, und ich esse eine Pizza für dich. Ich male dir in Gedanken ein großes L auf den Bauch. L wie Liebe, Minako.*

Ich hängte die Postkarte an die Wand meines Zimmers, neben die Zeichnung *Vor der Erfindung der Mutter.*

Am Nachmittag läutete es an meiner Tür. Dirko stand da, in kurzen Hosen, sein blaues Hemd bis zum Bauchnabel aufgeknüpft.

«Überraschung», sagte er. «Pack dir ein paar Sachen ein, wir machen eine Reise.»

Verwundert warf ich zwei T-Shirts, eine Dreiviertel-Jeans, Unterhosen und eine Zahnbürste in meine Tasche.

«Verrätst du mir, was wir vorhaben?», fragte ich ihn im Aufzug. Er schüttelte den Kopf und grinste breit.

Das Taxischild hatte er von seinem alten Mercedes-Diesel abgeschraubt.

«Wohin fahren wir?», fragte ich.

«Okay. Der Wagen ist vollgetankt. Wir fahren nach Serbien, in den Wald, in dem ich aufgewachsen bin», sagte Dirko. «Ohne Kinder, ohne Eltern. Du wirst den Ort mögen, er wird dir vertraut sein, ohne dass du jemals dort gewesen bist.»

Serbien.

Wir passierten den Arbeitsstrich auf der Triester Straße, die Tankstelle, an der sich jeden Abend die Typen für ihre illegalen nächtlichen Autorennen trafen. Auf einer Werbetafel der Wien-Werbung stand *WIEN – 1,8 MILLIONEN GEHIRNE*.

«Was nützen dir so viele Gehirne, wenn du sie nicht benutzt?», sagte Dirko. «Der Kopf ist rund, damit das Denken die Richtung ändern kann.»

«Ist das von dir?», fragte ich.

«Nein, das steht auf einem Frisiersalon an der Wienzeile. Unsere Philosophen müssen heute auch Dauerwellen machen können und umgekehrt.»

Wir bogen auf die Autobahn ab. Auf einem Schild stand *KÄRNTEN – URLAUB BEI FREUNDEN*. Ein Pfeil zeigte nach Süden.

«Wie weit ist eigentlich Belgrad entfernt?», fragte ich.

«Sechshundert Kilometer», antwortete er. «Ich mach den Taxameter nicht an, keine Sorge.»

Baden, Wiener Neustadt, die Bucklige Welt. Sanfte Hügel, am Horizont der Semmering. Wir kamen gut voran, trotz Urlaubszeit war wenig Verkehr. Meine Finger umfassten vorsichtshalber die Handbremse. Dirko war ein umsichtiger Fahrer, ruhig, obwohl er ständig auf der Hut vor dem Ausfall entscheidender Körperfunktionen sein musste. Sein Gipsarm lehnte lässig aus dem Fenster, im Radio lief die Sendung *Menschenbilder*. Ich liebte die Signation. Schumanns Kinderszenen, Opus 15. Astrid Lindgren erzählte aus ihrem Leben. Wie sie einmal überraschend ihre Eltern besucht hatte. An einem warmen Sommertag in Schweden. Die Eltern saßen im Garten auf einer Bank und hielten Händchen. Sie hörte, wie ihr Vater zu ihrer Mutter sagte: Gell, da sitzen wir und haben's schön. Ein Moment vollständigen Glücks.

Dirko machte ein abfälliges Geräusch.

«Wäre interessant gewesen, was Lindgrens Mutter in diesem Moment gedacht hat. Vielleicht hasste sie den Alten», sagte er. «Vollständiges Glück. So ein Blödsinn. Vielleicht hatte er da schon Krebs oder sie Parkinson. Vielleicht mussten sie auf einer Bank sitzen, weil sie nicht mehr stehen konnten.»

«Aber sie waren glücklich», sagte ich.

«Vielleicht», antwortete er. «Vielleicht auch nicht.»

«Warst du noch nie glücklich, Dirko?»

Er sah mich an, zu lang, wie ich fand, denn ein Lastwagen setzte zum Überholen an. Mir wäre wohler gewesen, hätte er nach vorn geschaut.

«Natürlich bin ich schon mal glücklich gewesen, Blue Jeans. Aber Glück ist wie ein Glas, das du schnell leer trinkst. Es schmeckt gut, nur ist nicht immer eine Flasche da, um nachzugießen. Weißt du, glücklich war auch der Autofahrer, der gesehen hat, dass ein Lebensmüder aus dem Fenster springen wollte. Sein Auto parkte direkt unter dem Fenster des Selbstmörders. Er rannte hin und schrie nach oben: Nicht springen, warten Sie, lassen Sie mich erst noch mein Auto umparken.»

«Und?»

«Der Selbstmörder war höflich genug zu warten. Der Typ parkte seinen Wagen um, der Mann sprang und knallte in die Parklücke. Noch mal Glück gehabt, was?»

Er nahm einen Schluck aus einer schmalen, eleganten Marillenschnapsflasche.

«Mach dir keine Sorgen, Blue Jeans. Weißt du, ich komme aus einer Gegend, wo man sagt, eine Flasche Schnaps ist gut für drei Menschen, wenn zwei nichts trinken.»

«Ist schon in Ordnung. Ich vertraue dir.»

Wir überholten einen Lastwagen. Ich kannte die Aufschrift an den Planen. *Kärntner Schlacht- und Zerlegeanstalt.* Ich dachte an Bambi. Ich hatte nach dem Gassigehen mit ihm manchmal Radio gehört. Auch *Menschenbilder.* Ich dachte, dass es für Bambi gut wäre, eigene Bilder im Kopf zu haben, anstatt immer nur auf den Bildschirm zu starren. Das muss ihn wahnsinnig gemacht haben. Ich wusste, dass sein Hirn nicht viel größer als eine Nuss war, umso wichtiger, dass nicht auch noch die paar Synapsen flöten gingen, die irgendein Doggenschöpfer ihm zugestanden hatte. Und jetzt hatte ein aggressives Menschenbild ihm in die Synapsen geschnitten, mit einem Messer in seinem Hals gewühlt. Bambi hatte ihn bestimmt mit seinen traurigen Augen angesehen. Wie blendete man diesen Blick aus?

Ich hatte die Hand an der Bremse und sah Dirko an. Sein Hemd war schweißgetränkt. Die Lüftung des alten Taxis war aus den Achtzigern und der Sommerhitze hoffnungslos unterlegen. Wir hatten beide Fenster geöffnet, die altersschwache Lüftung beheizte unsere Füße. Auf den kurzen Strecken in der Stadt war mir dieser Defekt nie aufgefallen, aber auf der Autobahn entwickelte sich die Hitze an den Füßen zu einem echten Problem. Ich hatte die Schuhe ausgezogen und die Beine gegen das Armaturenbrett gestemmt. So war es auszuhalten. Aber Dirko musste seine zweifelhaften Füße auf den Pedalen lassen. Für ihn war der Hitzeschwall von unten sicher unerträglich. Ich hoffte, dass die Krankheit seine Füße unempfindlich gemacht hatte.

«Bist du eigentlich manchmal einsam?», fragte ich.

«Wie sollte ich einsam sein? Ich bin viele. Hast du nicht meine Passsammlung gesehen? Ich habe dich, ich habe meine Taxigäste.»

«Und du hast Kleefisch», lachte ich.

«Genau. Unseren deutschen Irren. Und ich hab meine Erinnerungen.»

«Warst du schon einmal verliebt, Dirko?»

«So wie du in Minako? Nein, natürlich nicht. Das ist ja das Besondere am Verliebtsein, dass es sich einzigartig anfühlt. Anders verliebt war ich schon, auch einzigartig anders. Kennst du Marina Abramović?»

Ich schüttelte den Kopf.

«Sie ist Künstlerin. Als ich in Belgrad lebte, war sie meine erste Liebe. Ich wohnte in der gleichen Straße wie sie. In der Knez Mihailova ulica. Die meisten Wohnungen in Belgrad sind sehr klein, und im Sommer hältst du es innen nicht aus.

Die ganze Stadt sitzt, solang es geht, im Freien. Da hab ich sie gesehen. Auf einem Holzstuhl vor ihrem Haus, mit Freunden. Sie hatte Augen wie das Schwarze Meer. Sie war damals jung und stark. Sie saß mit lauter Kunstleuten bis spät in die Nacht, lachte, sang, trank, aber ihre Augen schienen immer etwas zu sehen, was ich nicht sah. Innere Filme, verborgene Welten. Ich war nur ein Schrat, der im Wald aufgewachsen war, sie war eine Königin. Sie war eine Frau. Sie war damals Ende dreißig und ich ein Bürschchen, kurz davor, meinen Militärdienst abzuleisten. Sie und ihre Freunde repräsentierten die Welt, von überall kamen sie, Marina war damals schon ein großer Star. Ihr Freund kam aus Deutschland, Ulay. Gott, wie hab ich diesen Typen beneidet. Er arbeitete mit ihr, sie liebten sich, sie waren eins. So, hab ich damals gedacht, muss es sein. So intensiv, so im Leben und gleichzeitig herausgetreten, zu zweit. Eine eigene Welt erschaffen. Ich hatte gar keine Ahnung, was genau sie machten, aber ich sah ihnen ihre Größe an. Für einen Wolfsjungen wie mich war das faszinierend. Ich lag nachts in meinem Zimmer und träumte mich in ein Leben mit ihr. Ich ließ mir einen Bart wachsen, weil Ulay einen hatte. Ich kopierte ihn, um ihr zu gefallen.»

«Und? Hat es funktioniert?»

«Natürlich nicht.»

Er lachte.

«Sie war ein Weltstar. Er war ein Weltstar. Zusammen waren sie ein Ereignis. Und ich? Ein Landei, das nach Holz roch. Ich hab nicht mal mitbekommen, dass es bei ihnen im Grunde schon zu Ende war. Irgendwann saßen die beiden nicht mehr auf ihren Stühlen in der Knez Mihailova ulica. Sie waren immer mal unterwegs gewesen, auch für länger, aber jetzt waren sie einfach weg. Ich hab erst Jahre später, lange nach dem Krieg, von der Chinesischen Mauer erfahren.»

Ich schaute ihn fragend an.

Dirko blickte auf die Straße und begann dann, sich ruckartig das nasse Hemd über den Kopf zu ziehen. Aber die Knöpfe verharkten sich in seinem dichten Haar.

«Scheiße», schrie er. Er steckte fest.

Vom Gas ging er trotzdem nicht. Wir waren auf der linken Spur. Mit einhundertdreißig Sachen überholten wir Laster, und er sah nichts. Hektisch zerrte er am Hemd, Knöpfe flogen, endlich konnte er sich das Hemd vom Kopf reißen und hatte wieder freie Sicht. Sicher fünfzehn Sekunden hatte sein Kampf gedauert. Ewigkeiten auf der Überholspur.

«Govno», keuchte er. «Das sollte man nicht machen, während der Fahrt. Mach das nie!»

Ich nickte. Mein Herzschlag beruhigte sich langsam.

Dirkos Oberkörper war sehr behaart, in seinem Fell glitzerte Schweiß. Er fuhr auf einen Parkplatz ohne Raststation, aber immerhin mit Toilette. Ich begleitete ihn aufs Klo. Seine Beine waren bis zum Knie rot von der Heizung. Ich stützte ihn, während er sich kaltes Wasser über die Füße laufen ließ.

Wir setzten uns in ein kleines Wäldchen hinter dem WC in den Schatten. Er hatte eine Jause vorbereitet, dicke Weißbrotscheiben mit Ajvar und Eierspeise. Von der Autobahn donnerte der Verkehrslärm, wir streckten uns aus. Auf den Bäumen saßen Vögel. Ich wunderte mich, dass sie nicht Krupphusten von den dichten Abgasen hatten. Dass sie zwitscherten und nicht keuchten.

«Das war knapp», sagte Dirko mit geschlossenen Augen auf dem Rücken liegend.

«Was meintest du mit der Chinesischen Mauer?», fragte ich. Bilder von einer Milliarde chinesischer Ärsche stiegen in mir hoch und Espen, der sich seine Hände rieb.

«Eine Performance», sagte er. «Sie machten aus dem Ende ihrer Beziehung ein Kunstwerk. Jede Beziehung ist ein Wunder, auch unsere, Blue Jeans. Aber zwischen Mann und Frau, das ist wie die Idee einer Hoffnung. Sie hatten diese Hoffnung verloren, aber der Idee wollten sie eine Gestalt geben. Sie fuhren nach China, getrennt, und gingen, jeder für sich, auf der Chinesischen Mauer. Sie hatten sich voneinander entfernt und gingen jetzt aus unterschiedlichen Richtungen aufeinander zu. Auf dem längsten Bauwerk der Menschheit. Vom All aus ist es das einzige Bauwerk, das du sehen kannst. Sonst siehst du nichts von uns, nur diese Mauer. Was für ein Symbol. Eine Mauer. Die hatten bessere Steine als die Berliner. Berlin siehst du heute nicht vom Weltall aus, genauso wenig wie uns zwei.»

«Ich seh das Weltall», sagte ich.

«Ja, so wie ich Marina gesehen habe, sie mich aber nicht. Die beiden sind zweitausendfünfhundert Kilometer aufeinander zugegangen. Zweitausendfünfhundert Kilometer, um sich dann zu trennen. Er begann seinen Marsch in der Wüste Gobi, sie am Gelben See. Zweitausendfünfhundert Kilometer Einsamkeit voller Bilder einer Liebe.»

«Und dann?»

«Dann trafen sie aufeinander. Es war windig und kalt. Sie hielten Fahnen in der Hand. Er eine weiße, sie eine rote. Sie umarmten sich. Er sprach, sie konnte nicht sprechen. Sie hielten sich an den Händen. Dann ließen sie los.»

«Aus?»

«Ja. Sie sahen sich dreiundzwanzig Jahre nicht mehr.»

Er nahm einen Schluck aus der Marillenschnapsflasche.

«Zweitausendundzehn machte sie eine Performance in New York im MoMA. Sie saß in einem roten Kleid auf einem Holzstuhl an einem Tisch. So wie sie damals in Belgrad gesessen hatte. Jeder konnte sich ihr gegenüber hinsetzen, und sie schaute die Besucher an. Mit ihren Schwarzmeeraugen. Das war für die Leute, als blickte man ihnen in die Seele, Menschen begannen zu weinen. Sie trug ihre dichten Haare zu einem dicken Zopf. Und ohne dass sie etwas geahnt hätte, saß plötzlich Ulay auf dem leeren Stuhl. Sie blickte auf, und Tränen liefen über ihr Gesicht. Sie schauten sich lange an, wie zwei Teile eines Puzzles, dann legte sie ihre Hände auf den Tisch, und Ulay nahm sie in seine. Die Menschen im Museum applaudierten, als säßen sie dort stellvertretend für alle Trennungen der Menschheit, als gäbe es letztlich eben doch Glück.»

Wir schauten beide in den Himmel, der uns nicht sah.

Hinter Graz begann Dirko zu fluchen. Er lenkte das Taxi auf den Seitenstreifen, der Wagen rollte aus.

«Ich spüre nichts», sagte er. «Meine Beine sind eine Illusion.»

Wütend schlug er mit dem Gips auf das Lenkrad.

«Dieses Scheißleben zieht mir die Füße vom Boden weg.»

Lastwagen rasten an uns vorbei, ein Autobahnschild zeigte Richtung Slowenien.

«Was tun wir?», fragte ich. «Warten? Bis deine Beine wieder funktionieren?»

Er schüttelte den Kopf. «Serbien muss sterbien», sagte er.

«Ich dachte, es geht, aber diese Krankheit lässt nicht mit sich spielen. Nicht mal für eine kurze Reise.»

Er schlug sich mit dem Gips auf beide Oberschenkel.

Wir saßen nebeneinander und blickten durch die verschlierte Scheibe. Vor uns lag der Eingang zum Balkan, aber wir konnten nicht hinein.

«Wie lange wird es dauern, bis du wieder etwas spürst?»

«Ich weiß es nicht», sagte er müde. «Diese Schübe informieren mich nie vorher. Manchmal wiegen sie mich ganz lang in Sicherheit, dann melden sie sich plötzlich lautstark zu Wort. In meinem Körper herrscht Anarchie, meine Nerven spielen den Balkankrieg nach. Aber es gibt keine NATO, die einschreitet, nur holländische Blauhelme, die nichts tun.»

Durchs offene Fenster flog eine Biene. Er erschlug sie mit dem Gips.

Als die Sonne unterging, hatte sich sein Zustand nicht verbessert. Und Dirko klärte mich darüber auf, wie es weitergehen würde. Immer mehr Muskeln würden den Dienst verweigern. Irgendwann würde er im Rollstuhl sitzen, die Kontrolle über die Blase verlieren, über seine Stimme, die Atmung. Keiner wüsste, wie schnell es gehen würde. Aber es würde kommen.

«Hast du Angst?», fragte ich ihn.

«Sagen wir mal so. Ich habe keine Angst vor dem Tod, ich will nur nicht dabei sein, wenn es passiert», sagte er. «Woody Allen.»

Einige Minuten starrten wir schweigend in die Dämmerung.

«Also gut», sagte er. «Wir können hier nicht für immer parken und warten, bis ich mir in die Hose mache und ersticke.

Wir warten, bis es ganz dunkel ist. Dann fährst du uns zurück, Blue Jeans. Ich zeig dir, wie man fährt. Es kann nichts geschehen. Ich sitze neben dir, dein Fahrlehrer der traurigen Gestalt.»

«Spinnst du?», fragte ich.

«Im Dunkeln sieht man nicht, wer am Steuer sitzt. Wenn wir überholt werden, und wir werden oft überholt werden, sieht man dich nur schemenhaft. Du könntest auch ein kleiner, junger Mann sein. So eine Art Napoleon oder Tom Cruise. Wir können hier jedenfalls nicht stehen bleiben, und der Polizei möchte ich auch lieber nicht begegnen. Steig aus, Blue Jeans. Und merk dir das gut. Das ist der Sommer, in dem du Auto fahren gelernt haben wirst.»

Ich stieg aus und ging zur Fahrerseite. Dirko zog sich mühevoll über den Schaltknüppel auf den Beifahrersitz. Ich konnte kaum übers Lenkrad schauen.

«Zieh den Sitz nach vorn», sagte Dirko und nahm einen Schluck aus der eleganten Flasche mit dem Marillenmotiv.

«Drück den rechten Fuß auf das linke Pedal. Das ist die Bremse. Und jetzt dreh den Zündschlüssel, es kann nichts geschehen.»

Ich drehte den Zündschlüssel, mein Herz schlug mir bis zur Brust. Der Motor sprang an.

«Ich lege jetzt den Gang ein, und du gibst mit dem rechten Fuß langsam Gas», sagte Dirko ruhig.

Der Wagen sprang nach vorn, und der Motor starb ab.

«Das macht nichts», sagte mein Fahrlehrer mit den sterbenden Beinen. «Wir versuchen es jetzt so oft, bis es funktioniert.»

Im Morgengrauen erreichten wir Wien. Wir ließen Dirkos Taxi an einer Einfallstraße stehen und riefen ein Taxi. Inzwischen war es zu hell, ich wäre im Stadtverkehr am Steuer aufgefallen.

Am Hohen Markt stützte ich Dirko, als wir das Haus betraten. Ich brachte ihn mit dem Aufzug in seine Wohnung und führte ihn zu seinem Bett. Er war betrunken. Die Flasche Schnaps und noch eine zweite hatte er auf der Rückfahrt ausgetrunken. Er fiel auf die Matratze, ich deckte ihn mit der dünnen Decke zu.

«Es tut mir leid, Blue Jeans», flüsterte er.

Ich zog die Wohnungstür hinter mir zu und ging zu uns. Zu uns, wie falsch das klang. Ich ging zu mir. In meine leere Wohnung, die genauso aussah wie am Morgen zuvor. Bewohnt nur von Geräuschen, die ich nicht zuordnen konnte. Die in den Rohren lebten, im Holz. Als meine einzigen Mitbewohner.

4.0

Heftig, blendend, furchtbar elektrisch.
Als ob einem jemand den Föhn in die Wanne werfen würde.

DER TARANTULAFALKE (PEPSIS FORMOSA)

Ich schaute mir ein Foto von Justin O. Schmidt an. Er sah aus wie der Gebrauchtwagenverkäufer in «Fargo», nur mit Schnurrbart. Wie viele Insekten wohl schon in diesem Schnurrbart gehaust hatten? Der Forscher lächelte auf dem Bild. Zerstochen, aber glücklich. Vielleicht hatte er in den Insekten etwas gefunden, das Menschen ihm nicht bieten konnten. Die Ameise verspricht dir nichts und muss darum nichts halten.

Zwischen Mann und Hornisse gibt's keinen Schwanzvergleich. Königinnen, Arbeiter – die Welt der Insekten, eine Welt vor der Französischen Revolution.

Dass Ameisen Pilzkulturen anlegen können, von denen sie sich ernähren, in neunundzwanzig Schritten als Fließbandkolonne zusammenarbeiten, in einem ausgeklügelten Produktionssystem, bei dem immer kleinere Arbeiterinnen immer filigranere Tätigkeiten ausüben, faszinierte mich. Jeder und jede an seinem und ihrem Platz. Ohne Gewerkschaften, ohne Sonn- und Feiertag.

«Die Ameisen machen sich über alle unsere sozialen Errungenschaften lustig», sagte ich zu Minako.

«Dafür sehen die meisten Insekten auch, bis auf ihre Wespentaillen, nur eher mittelgut aus. Von Heidi Klum bekäme keins ein Foto, wenn Heidi sich die Kandidatin unterm Mikroskop ansieht.»

Sie zeigte auf eine Abbildung in dem Buch von Schmidt. «Das ist die 24-Stunden-Ameise?»

Ich nickte. «Die ist ein Killer», sagte ich.

«Und bleiben Schäden, wenn sie dich sticht?»

«Körperlich nicht, also neurologisch zumindest. Psychisch? Ich weiß nicht. Ich glaube, wenn du einen ganzen Tag höllische Schmerzen hast, gleichbleibende, zermürbende Schmerzen, das macht schon etwas kaputt. So etwas wie ein Grundvertrauen.»

«Schmidt grinst auf dem Foto», sagte Minako. «Er wurde auch von ihr gestochen und scheint seine Fröhlichkeit nicht verloren zu haben.»

«Vielleicht wird man als Insektenforscher gern gestochen. Vielleicht hat er sich irgendwie darauf gefreut. Dieser eine Schmerz fehlte ihm noch für seine Sammlung. Wenn du wissen willst, wie es sich anfühlt, ist der Schmerz vielleicht erträglicher.»

Ich betrachtete seine Augen. Er sah verschmitzt aus. Nicht, weil er so hieß, aber irgendwie lausbubenhaft, trotz des Seehundsbarts.

Minako nickte. Wir lagen auf dem Ponton. Unser Platz. Ausgestreckt nebeneinander lagen wir. Gleichmäßig. Aber seit den großen Ferien waren wir nicht mehr gleich groß. Sie hatte einen Schuss gemacht, wie die Erwachsenen sagen. Ein paar Zentimeter. Sie war jetzt meine große Freundin, ich ihr kleiner Freund. *Mein Toyboy* nannte sie mich jetzt.

Meine Knochen hatten sich nicht bewegt. Der Türstock

konstatierte Stillstand. Ich hatte in wenigen Tagen Geburtstag. Ein Jahr lang hatte sich meine Körpergröße nicht verändert.

Ich wuchs innen, aber äußerlich blieb ich unverändert. Ein Vierzehnjähriger im Körper eines Dreizehnjährigen. Als würde ich mich konservieren.

«Glaubst du, deine Mutter meldet sich bei dir zum Geburtstag?», fragte Minako.

Ich zuckte mit den Schultern und legte mich auf den Bauch. Die Sonne ließ das Wasser funkeln.

Am Nachmittag besuchten wir ihre Mutter im Tanzquartier. Zwei russische Choreographen machten einen Workshop mit den Profitänzern.

«Imagine, you're a baby bird», sagte Dimitri, der eine der beiden Russen. Er trug ein Stirnband so wie Sloterdijk beim Joggen. Er war ein berühmter Choreograph aus Moskau, hatte uns Minakos Haha erzählt.

«You're in an egg», sagte Dimitri und schritt nachdenklich vor den Tänzern auf und ab. Seine Worte kamen zögerlich, als suchte er nach der englischen Übersetzung oder erfände die Szenerie erst in diesem Augenblick. «You are small, yes? You want to come outside, but the eggshell is so terribly thick. You pick with your little baby bird nose toward the eggshell. Pick, pick, pick.»

Etwa zehn Tänzer waren in dem Proberaum. Sie rollten sich zusammen, machten sich so klein, wie es ging, und begannen, mit ihren Nasen gegen die unsichtbaren Eierschalen zu picken.

«Now you make it, a little hole, the hole gets bigger, you

break the shell, you see the world for the first time, look around, see it for the very first time!»

Die Tänzer rieben sich die Augen, blinzelten, wischten sich Schalen vom Körper.

«And now, my friend Frostad will show you the voice of little baby bird.»

Der andere Russe, der bisher schweigend neben Dimitri gestanden hatte, fing an, schrille Vogelgeräusche auszustoßen. Geisteskranke Vögel, hektische, kurze Schreie. Frostad trug einen schweren Mantel und eine schwarze Haube. Mit geschlossenen Augen und nach oben gestrecktem Kinn krähte er.

Die Tänzer nahmen die Schreie auf, flatterten durch den Raum und krähten dabei ihr Geburtsglück heraus. So stellte ich mir eine offene Vogelpsychiatrie vor.

Nach dem Workshop lagen Minako, Asuka und ich im warmen Septemberlicht auf einer der Enzis, so heißen die Schaumstoffkuben im Museumsquartier.

«Fandest du es albern?», fragte Asuka.

«Ja, schon. Aber irgendwie auch rührend», sagte ich. «Also, dass es den Tänzern nicht peinlich war.»

«So viele süße kleine Vögel. Und alle irgendwie aus dem Nest gefallen», sagte Minako. «So wie du, Claude. Haha, er hat in zwei Tagen Geburtstag, mein kleiner, gefiederter Freund.» Mit ihrem Zeigefinger schrieb sie ein imaginäres L auf meinen Bauch.

«Machst du ein Fest?» Asuka sah aus, wie ich mir New Yorkerinnen vorstellte. Coole Kurzhaarfrisur, weite Hosen, ein Naked-Lunch-T-Shirt, ihre gelben Flip-Flops lagen neben unserem gemütlichen Möbel auf dem Boden. Sie hatte, so wie

Minako, schlanke, kleine Füße. Papa sagt immer, kleine Füße zeugten von Intelligenz. Obwohl er groß und dick ist, hat er selbst Schuhgröße 41.

«Ich weiß noch nicht», antwortete ich. «Ich schätze mal, dass zumindest mein Vater mit seiner Freundin kommt.»

«Klar», sagte Minako. «Dein rührend besorgter Vater. Aber falls er keine Zeit hat, seinem Sohn persönlich zu gratulieren, könnten wir dir eine Party schenken.»

Asuka nickte. «Das würd ich gern für dich tun, Claude.»

Am Abend vor meinem vierzehnten Geburtstag ging ich am *Waniek* vorbei. Ein italienisches Pärchen kam mit einem Eis aus der Gelateria neben dem Haushaltswarengeschäft. Sie fragten mich, ob ich ein Foto von ihnen machen könnte. Wenn man im ersten Bezirk wohnt, wird man zwangsläufig zum Fotografen. Ich machte ein *Fremdie,* so nannte Dirko Handybilder, die man von Unbekannten schoss. Als Hintergrund wollten sie den Vermählungsbrunnen. Durch den Sucher sah ich Dirko in seinem Taxi sitzen.

Ich gab den Italienern das Handy zurück und überquerte die Straße.

Im gleichen Moment trat Kleefisch aus dem Haus. Er wirkte gehetzt und blickte sich um, als wäre er auf der Flucht.

«Volltrottel», sagte Dirko und sah ihm nach. «Komischer Typ. Wusstest du, dass er manchmal in die Berge fährt und sich extra enge Felsspalten sucht, durch die er klettert? Sein Ziel ist es, stecken zu bleiben. Winzige Löcher, durch die er sich zwängt. Dann klemmt er fest, stundenlang, und meditiert. Um sich herum Tonnen von Fels. Kannst du dir das vorstellen? Ein echter Freak, der Deutsche. Kommt nicht mehr vor und nicht zurück. Er nennt es Meditation. Mir würde eine Matte am Boden reichen, aber Monsieur braucht dafür Nahtoderfahrungen. Irgendwann wird der Körper leichter, hat er mir gesagt. Und flutscht dann durch. Vorher musst du deine Panik unterdrücken, du hast ja in der Lage kaum Luft zum Atmen.»

Dirko aß ein Weißbrot mit grober Salami und schüttelte dabei verächtlich seinen Kopf mit der Betonfrisur.

«Stell dir mal vor, du isst, während du steckst. Drei Brote, und du wirst erdrückt. Das wär nichts für mich.»

«Du kämst mit deinen hinnigen Haxen eh nicht auf den Berg», sagte ich.

«Zum Taxifahren reicht's», sagte er. «Gut, wenn du da steckst, ein paar Tage, und dir die Wurst ausgeht, dann löst sich das Problem von selbst. Dann wird die Diät zum Lebensretter. Spätestens wenn du verhungert bist, rutschst du durchs Loch in die Freiheit. Tot, aber frei. Da hat sich Kleefisch ein wirklich tolles Hobby ausgesucht.»

«Vielleicht fühlt er sich im Felsen beschützt», sagte ich.

«Wie diese amerikanische Autistin, die glaubt, dass sie eine Kuh ist? Die die Welt sieht wie ein frohes Tier? Vielleicht ist Kleefisch auch so ein Fall. Die Frau weiß genau, wie Kühe und Rinder sich fühlen, darum hat sie diese engen Boxenstraßen entwickelt, durch die man die Viecher zum Schlachten treibt. Durch die Enge fühlen sie sich beschützt, wie diese Frau selbst. Sie meint, die Rinder und sie selbst bekommen durch die Enge ein Gefühl, das sonst nur Neugeborene beim Wickeln haben.»

Er biss von seinem Brot ab. Die fettige Salami hatte das Weißbrot rot gefärbt.

«Sie hat sich eine eigene Berührungsmaschine gebaut. Aus

engen Platten mit Kissen, da legt sie sich rein und kann dann noch selber den Druck einstellen, den die Platten auf sie ausüben sollen. Menschliche Berührungen hält sie nicht aus, aber in ihrer Kiste fühlt sie sich pudelwohl. Das kann ich verstehen», sagte Dirko. «Aber in Felsen stecken? Ich kenn keine Kuh, der das gefallen würde.»

«Wie viele Kühe kennst du denn?», fragte ich.

«Mehr als genug», sagte er.

Im Briefkasten war keine Post, nur eine durch eine abgerissene Ecke unglücklich abgekürzte Werbung für einen Wintertee von Milford. Milf Wintergenuss. Das hätte meinem Vater gefallen.

Ich öffnete die Wohnungstüre. Die Stille war gewalttätig. Im Vorraum blieb ich stehen, die Wände starrten mich an. Ich ging in Bronis Zimmer, das leer war, dann in Mamas leeres Arbeitszimmer. Das Schlafzimmer meiner Eltern: leer. Ich legte mich auf den Boden, da, wo ihr Bett gestanden hatte. Als Kind, wenn beide da waren, hatte ich ihnen ihr Bett im Winter vorgewärmt. Mein Vater. Meine Mutter. Mein Bruder.

Wie dumm ich war vor einem Jahr. Wie ich gedacht haben konnte, das sei mein Leben. Wie ich so vertrauen konnte. Kindisch. Zu glauben, mein Leben sei an einem sicheren Ort.

Ich schloss die Augen. Sah Mama am Schreibtisch. Sich umdrehend, lächelnd. Milch für ihren Kaffee aufschäumend. Wo sie war, nur Löcher in der Luft. Das leise Geräusch, das beim Kämmen ihrer Haare entstand. Als hätte sie sich nie gekämmt. Als hätte sie nie Kaffee getrunken, als hätte sie nie geschlafen, wäre nie erwacht. Ich öffnete die Augen, versuchte, um die Löcher herumzugehen, berührte die Wand, an der mein Foto gehangen hatte. Setzte mich auf den Stuhl, der hier nicht mehr stand.

In dieser Nacht träumte ich zum ersten Mal den Hüttentraum. Beim Einschlafen setzte ich die Kopfhörer auf und hörte Schumanns Kinderszenen. Ich schlief ein, und der Traum schickte mich in einen kanadischen Wald. Ich war allein. Das Wetter schlug um. In der Ferne hörte ich merkwürdige Tiergeräusche, eine Bedrohung, die ich nicht sah, aber spürte. Es begann zu schneien. Ich hatte kein Werkzeug. Es war wichtig, sofort mit dem Bau einer Hütte zu beginnen. Ich brach Zweige, suchte Stämme, grub mit den Händen Löcher ins Erdreich, steckte die Stämme hinein, sie hielten nicht, fielen um. Ich suchte feste Gräser, mit denen ich die Stämme umwickeln könnte. Ich konnte keine Hütte bauen. Dichte Vorhänge aus Schneeflocken vernebelten die Sicht, die Tiergeräusche wurden lauter, die Scheißhütte kam nicht voran. Ich lehnte die Stämme gegen einen Felsen, der Wind warf sie um, die Tiere kamen näher, ich wachte auf.

Es war zwei Uhr sieben. Seit zwei Stunden hatte ich Geburtstag.

Ich war wieder eingeschlafen. Um sechs Uhr dreißig wurde ich durch ein Geräusch erneut geweckt. Jemand schloss die Wohnungstür auf. Ich fuhr hoch. Am Informationsbrett im Treppenhaus war vor Einbrüchen gewarnt worden. Eckhaus, Aufzug, U-Bahn-Nähe – die Triangel der Verlockungen für Diebe. Neben dem Infoblatt der Polizei hing die Fotokopie des Facebook-Schreibens eines dicken Wiener Kabarettisten, bei dem eingebrochen worden war. Ihm ging es darin vor allem um seine Wahrnehmung, dass die Einbrüche zu hundert Prozent ein Ausländerproblem seien. Über 5000 Likes hatte er dafür bekommen.

Ich hörte Schritte und ausländische Männerstimmen. Die Sprache konnte ich nicht zuordnen, es klang aber asiatisch. Ich bewaffnete mich mit dem Holzhandschuh, dem einzigen waffenähnlichen Gegenstand, der in Reichweite lag. Flach atmend schlich ich zu meiner Zimmertüre, drehte leise den Schlüssel um und zog ihn ab. Durchs Schlüsselloch sah ich drei Männer. Chinesen? Sie trugen Taschen in die Wohnung, Matratzen, Kisten und Sackerln. Sie wirkten entspannt und redeten ganz ungezwungen. Ich schob meinen Schreibtisch vor die Tür, legte mich darauf und spähte weiter durch das Schlüsselloch.

Ich war mir nicht sicher, ob das ein Einbruch war, schließlich brachten sie Dinge hinein. Das erinnerte mich an ein Interview mit dem Fußballer Herbert Prohaska, der in Hasenleiten aufgewachsen war, einem Problemviertel innerhalb des Problemviertels Simmering. In seiner Erinnerung hatten sie die Wohnungstüre nie verschlossen, weil sie so arm waren, dass Diebe nur etwas hätten bringen können.

Kind überrascht an Geburtstag Einbrecher und wird nach harter Gegenwehr mit eigenem Holzhandschuh erschlagen! Diese Überschrift in einer der U-Bahn-Zeitungen sah ich vor mir, als plötzlich mein Vater mit einem Posaunenkoffer in der Wohnungstür stand.

«Grüß Gott», sagte er zu den Chinesen. «Entschuldigen Sie die Verspätung.»

«Hab ich dir das nicht gesagt?», fragte er später.

«Nein, hast du nicht, Papa.»

«Dann hab ich's wohl vergessen», sagte er. «Diese drei Herren sind deine neuen Mitbewohner. Ich stell sie dir mal vor.»

Er zog einen Zettel aus seiner Jeans und las vor.

«Yuen, Guogang und Chonghao.»

Die drei Männer nickten und fuhren fort mit dem Hineintragen ihrer Habseligkeiten.

«Sie nehmen das alte Schlafzimmer, Bronis Zimmer und das Arbeitszimmer», sagte Papa. «Mal probeweise, auf drei Monate. Wenn es funktioniert, können sie bleiben.»

«Du hast mich nicht einmal gefragt», sagte ich.

«Ich muss dich nicht fragen, Claude. Es ist meine Wohnung, und für dich allein ist sie zu groß. Ich kann das Geld brauchen, das wirst du dir vorstellen können.»

«Reden die denn Deutsch?», fragte ich.

«Ich glaube nicht. Die Details hab ich mit einem Freund von ihnen besprochen. Du kannst ihnen ja Deutsch beibringen oder sie dir Mandarin, oder was die da drüben sprechen. Ich habe gesagt, dass sie keine Tiere haben dürfen und dass das hier eine Nichtraucherwohnung ist.»

Gemeinsam schauten wir den drei Chinesen beim Tragen zu.

«Ich denke, ihr werdet gut miteinander auskommen. Ihr teilt euch die Küche und das Bad, sonst wirst du gar nicht so viel von ihnen mitbekommen. Sie arbeiten alle drei bei einem chinesischen Friseur in der Kettenbrückengasse. Vielleicht können sie dir auch die Haare schneiden, das wär doch ein schöner Synergieeffekt.»

Er drehte sich um und griff nach dem Posaunenkoffer. «Bevor ich das auch noch vergesse: hier. Alles Gute zum Geburtstag, Claude! Mach mal auf.»

Ich öffnete den Koffer.

«Eine Getzen 3047 AFR, ein Spitzenteil», sagte Papa. «Große Bohrung, austauschbare Mundrohre, Thayer Quartventil. Die Plastikposaune ist für Kinder, ab jetzt bläst du wie ein Mann. Für die Milchzähne reicht Plastik. Aber wenn du näher an die Dritten rückst, braucht's Blech.»

«Ich spiele gar nicht mehr», sagte ich und öffnete den Mund, um ihm meinen ausgebrochenen dritten Schneidezahn zu zeigen.

«Dann fängst du eben wieder an», sagte Papa und drückte mich flüchtig. «Herzlichen Glückwunsch. Komm, gehen wir zum Türstock.»

«Da war ich schon», sagte ich.

«Tradition ist Tradition», sagte Papa.

«Das ist ja langsam wie bei der Blechtrommel mit dir», sagte er und ritzte meine alte Markierung tiefer. «Komm, zieh dich an, gehen wir frühstücken ins Café Korb.»

«Ich habe Schule», sagte ich.

«Du hast Geburtstag, man muss Prioritäten setzen. Außerdem habe ich noch nichts gefrühstückt. Ich bin um fünf in Linz weggefahren.»

Im Café Korb bestellte er sich drei Eier im Glas und ein Schnittlauchbrot. Wir saßen im Freien, Fiaker zottelten an uns vorbei. Es roch nach Kaffee und Pferdeäpfeln.

«Gut siehst du aus», sagte Papa. «Warst du auf Sommerfrische?»

Ich lächelte gequält und bemerkte, dass ich immer noch den Holzhandschuh trug. Ein Paar mit Selfiestick ging vorbei. Wir saßen zwischen Touristen, die wahrscheinlich in irgendeinem Wienführer gelesen hatten, dass die Korbchefin berühmt ist und schon einmal mit Peter Falk gedreht hat, dass Falco, Elfriede Jelinek, Daniel Kehlmann, Arthur Miller und Andy Warhol hier Gäste waren. Papa mochte das Korb unter anderem auch deshalb. Er, der oberösterreichische Bauer mit der mittleren Posaunenkarriere, fühlte sich hier als Künstler unter Künstlern. In Wahrheit war er Hühnergeschreier unter Wuppertalern und Bambergern.

Am Nebentisch saß ein Asiate und erzählte einer völlig verbotoxten Frau von seiner Hautkrankheit. Er sei Broker in Dubai gewesen und wegen seiner Psoriasis nach Israel ans Tote Meer gefahren. Mit dem israelischen Visum im Pass durfte er nicht mehr zurück nach Dubai. «Hautkrank und obdachlos», sagte er. «Und meine Katze ist wahrscheinlich längst verhungert.»

«Spatzerl», sagte die alte Frau, deren Ballonlippen zum Reißen gespannt waren. In den Mundwinkeln hatte sie getrocknete Speichelfäden. Schaumburg an der Lippe.

Papa aß selig seine Eier. Mein Vater. Der hohe Haaransatz, die blonden Fäden, die ihm zu lang an der Seite hingen, farblose Augenbrauen, die man nachziehen wollte, um sie existent zu machen. Was Mathilda wohl fühlte, wenn sie neben ihm erwachte? Machte sein Spitzbauch sie auch spitz?

«Und euer Urlaub?», fragte ich. «War's schön?»

«Hat Broni dir nichts erzählt? Wunderschön war es. Du lebst als Eurosieger unter den Griechen wie vorm Fall der Mauer als Dollarstudent in Budapest. Ein Schulfreund aus Hühnergeschrei, Adi, ein unglaublicher Holzkopf, so dumm, der haut sich beim Laufen die rechte Ferse ans rechte Knie, aber reich, sein Vater war der dümmste aller Bauern. Minus-

IQ. War dann im Internat, der Adi. Hat irgendwie maturiert, wahrscheinlich weil sein Vater, der jedem Huhn am Hof geistig unterlegen war, dem Internat Hunderte Rosenkränze gespendet hat. Adi, der Hirnlose, wollte Medizin studieren. Es war klar, er würde keine einzige Prüfung schaffen, also ging er nach Budapest an die Semmelweis-Uni. Dort musst du nur zahlen, je mehr, umso besser wird deine Note.»

Am Nebentisch lachte die Lippe schrill, der Asiate sah bekümmert aus.

«Ich hab ihn dort einmal besucht. In seinem Kühlschrank lagen Organe in Formalin. Nieren, Hirn, ein Darm. Weil er keine Lust hatte, für die Pathologie extra in die Uni zu fahren, hat er sich die Sachen am Schwarzmarkt gekauft. Der hat dort gelebt wie die Made im Speck. Jeden Tag Wachteleierreste und Kaviar zwischen den schiefen Zähnen. Heute ist er Urologe in Düsseldorf, aber damals war er der König von Buda und der Kaiser von Pest. So ähnlich war es für uns in Griechenland. Jede Krise der anderen ist eine Chance für uns.»

«Und», fragte ich, «hat Mathilda dich an den doofen Bauern erinnert?»

Papa schaute mich streng an. Zum ersten Mal hatte ich das Gefühl, als sei jede Zuneigung aus seinem Blick verschwunden. Als betrachte er mich wie ein unangenehmes Ereignis, eine Nachzahlung der Künstlersozialversicherung oder einen untalentierten Posaunenschüler.

«Claude», sagte er scharf. «Verscherz es nicht mit mir.»

«Was passiert sonst? Setzt du mir sonst wildfremde Menschen in die Wohnung?»

«Bist du eifersüchtig auf Mathilda, oder was sollte diese Bemerkung?», fragte Papa resignativ.

Ich sah ihn an, meinen Vater.

«In einem von Mamas Büchern steht, dass es ein Volk in Brasilien gibt, da vögeln alle wild durcheinander», sagte ich.

Nach diesem Satz schien Papa kurz wieder an mir interessiert zu sein oder vielleicht auch nur an der Phantasie.

«Sie leben in Paaren zusammen, aber immer wieder verschwinden zwei, die nicht zusammengehören, diskret im Dschungel. Wenn der Mann nach Hause kommt und seine Frau von seinem Abenteuer erfährt, darf sie ihm vierundzwanzig Stunden lang mit einem Holzstück auf den Hinterkopf schlagen. Er sitzt vor ihr und muss es über sich ergehen lassen. Einen Tag schlägt sie immer auf die gleiche Stelle.»

«Hätten deine Mutter und ich das so gemacht, dann hätte ich heute eine ziemlich große Kerbe im Kopf», sagte Papa, als verkünde er mir eine herausragende Leistung.

«Du hast Mama betrogen?»

«Ich hätte mich selbst betrogen, wenn ich Chancen ausgelassen hätte. Dass deine Mutter fremde Völker beobachtet, war für mich sexuell nicht befriedigend. Natürlich habe ich für meinen Schwanz hin und wieder ein neues Zuhause gesucht.»

«Das ist widerlich, Papa.»

«Widerlich? Weißt du, was widerlich ist? Vor deiner Geburt habe ich deiner Mutter zuliebe eine Reise zum Amazonas gemacht. Irgendwelche Waldmenschen haben wir besucht. Ich konnte kaum üben, es war so feucht, dass sich mein Mundstück verbog. Ich habe auf wilden Tieren schlafen müssen, war zerstochen, hatte Dünnschiss. Dünnschiss aus Liebe.»

Er rührte in seinem Cappuccino.

«Ab der ersten Sekunde wollte ich zurück, ich wäre am

liebsten meinem Durchfall in den Fluss gefolgt und weggeschwommen. Hast du schon einmal in einen Fluss geschissen, während ein paar Indios um dich herumhocken und dich anstarren?»

«Nein, Papa. Ich habe noch nirgendwo in einen Fluss geschissen!»

«Gut für dich. Die Indios haben gedacht, aha, interessant, so scheißen Österreicher. Mir sind schon die anderen Brasilianer auf den Geist gegangen mit ihrer Mischung aus ewigem Samba und Crime. Erst mit den Hüften wackeln, dann mit der Knarre. Ich bin schon mal in Los Angeles überfallen worden, das ist da ja so wie bei uns Schwarzfahren. Der Typ in L. A.» – er sprach L. A. betont amerikanisch aus –, «der hat mir seine Waffe gezeigt und gesagt: All your money, please. Please! Der war höflich, ohne die Hüften kreisen zu lassen. Ich gab ihm alles, was ich hatte, und er verbeugte sich und sagte: Thank you, have a nice stay. In Rio kamen sie tänzelnd an und haben dann humorlos abkassiert. Aber im Urwald war es noch schlimmer. Ich hatte Malaria, mein Darm tanzte einen Musikstil, den es gar nicht gibt, und die kleinen Giftzwerge haben mich ausgekichert.»

«Das Wort gibt es nicht, Papa.»

Papa schob sich eins der drei Eier im Ganzen hinein und kaute mit offenem Mund. Kein schöner Anblick.

«Vier Wochen lang war ich ihr weißer Scheißgott mit Bauchkrämpfen», sagte er. «Ein Mal war ich in der dunklen Flussbrühe, ein einziges Mal. Das Wasser sah aus, als hätte ihr Flussgott auch Diarrhö, aber ich musste mich einfach abkühlen, ich hielt's nicht mehr aus. Die Frauen schwärzten am Ufer einen toten Affen überm Feuer, sie schnitten ihm die

Beine und Arme ab und das Geschlechtsteil, dann schnitten sie ihn der Länge nach auf und rissen die Gedärme heraus. Ich übergab mich in den Amazonas. Und dann? Schmissen sie die Gedärme in den Fluss. Plötzlich schäumt's neben mir, weil die Piranhas Gedärme lieben. Ich stand im Wasser inmitten von kleinen Killerfischen mit spitzen Zähnen! Kotzend und scheißend hab ich mich ans Ufer gerettet. Und deine Mutter? Hockte interessiert neben den Waldweibern und machte sich Notizen. Ich wäre beinahe angeknabbert worden, und sie sitzt da, als hätte sie nichts mit mir zu tun. Feldforschung ohne Empathie für deine Liebsten. Deine Mutter ist wie eine Kamera, ohne Innenleben. Wenn die Indios mir den Schwanz abgeschnitten hätten, dann hätte sie auch nur interessiert zugeschaut.»

«Vielleicht wäre das besser gewesen», sagte ich.

«Dass die Piranhas meinen Schwanz fressen? Das wär im Gegensatz zu dem Zwergpimmel von dem Affen wenigstens eine ordentliche Mahlzeit gewesen.»

«Ich muss jetzt zur Schule», sagte ich, aber er hörte gar nicht hin.

«Weißt du, wann ich vor deiner Mutter Angst bekommen habe?»

«Nein, Papa. Aber ich muss jetzt wirklich gehen.»

«Sie hat mit einem Dolmetscher eine Frau interviewt. Deren zweijähriger Sohn spielte während des Gesprächs mit einer riesigen Machete. In dem Dorf sah man überall Kinder mit abgeschnittenen Fingern und versehrten Händen, weil die alle mit Messern spielen, die so spitz sind, dass man mit ihnen den Scheißdschungel zerteilen kann. Die Machete fiel irgendwann dem Kind aus der Hand. Was macht deine Mutter? Hebt die Machete auf und gibt sie dem Kind zurück! Ich habe sie nachher gefragt, ob sie geistig umnachtet gewesen wäre. Sie verstand überhaupt nicht, was ich von ihr wollte. Das sei halt so üblich bei den Hinterwaldindianern. Wer nicht mit Waffen umgehen könne, habe keine Chance, sagte sie. Als du auf die Welt kamst, hatte ich dann Angst, dass sie dir im Kreißsaal eine Motorsäge in die Hand drückt!»

«Hat sie aber nicht», sagte ich. «Du hast mir eine Posaune in die Hand gedrückt.»

Papa lachte.

«Wenigstens kann man sich mit der Posaune nicht so leicht verletzen», sagte er. «Vier Wochen sind wir in dem Dorf geblieben. Mein Darm war komplett wundgescheuert, ich schiss aus den Ohren, weil mein Schließmuskel entzündet war. Jeden Samstag kamen Händler und verkauften den Indianern Alkohol und Zigaretten. Samstagabends waren alle Dorfbewohner hackedicht und torkelten mit brennenden Zigaretten über den staubigen Dorfplatz. Alle, auch die allerkleinsten Kinder. Weil's dort so etwas wie Kinder nicht gibt. Du wirst geboren, und sobald du nicht mehr am Nippel deiner Mutter hängst, wirst du als Erwachsener behandelt. Stell dir das einmal vor, Claude.»

«Das muss ich mir nicht vorstellen», sagte ich. «Gehen wir jetzt, bitte?»

Arash umarmte mich und gab mir Küsse auf beide Wangen. Tavalodet Mobarak, sagte er. Happy Birthday, Kleiner.

Er überreichte mir eine selbstgebrannte CD seines Bruders. Nivaan saß seit kurzem in Untersuchungshaft. Er hatte Bambi gesühnt und ein Mitglied von *Eisern Wien* krankenhausreif geprügelt. Einen Hooligan, den ein Kebabverkäufer in sein Haus hatte gehen sehen an dem Tag, als die Dogge geköpft wurde.

«Der Kebabverkäufer ist ein Cuseng von Nivaan», sagte Arash. «Und der Hool ein Hurensohn.»

Ich nickte. Ich hatte Nivaan Bambis Grab am Laaer Berg gezeigt. Mir war klar, dass er etwas unternehmen würde. Dem Hooligan hatte er ein paar Tage später mit einer Eisenstange den Kiefer gebrochen und insgesamt neun Zähne ausgeschlagen. «Ohne Knabberleiste wird die blade Sau vielleicht endlich abnehmen», sagte Arash.

Wie lange Nivaan in Haft bleiben würde, war nicht klar. Abgeschoben werden konnte er nicht, weil er österreichischer Staatsbürger war.

«Den Nazi sollte man abschieben, heim in sein untergangenes Reich. Nach Walhalla», sagte Arash. Nivaan hatte den Hooligan gezwungen, mit einer Zahnbürste Bambis Blutfleck vom Boden zu wischen. So, wie die Nazis das mit den Juden damals gemacht haben. Nivaans Freundin war auch dabei.

«Sie ist irakische Kurdin und hat zu dem Fettsack gesagt: Leg dich nicht mit orientalischen Frauen an. Weißt du, was der Unterschied ist zwischen einem Terroristen und einer orientalischen Frau? Mit einem Terroristen kannst du verhandeln. Er hat geschrubbt, aber Nivaan und Amara haben nicht gelacht, wie die Leute damals bei den Juden.»

«Die haben damals gelacht?»

«Ja, weil sie es witzig fanden, die Juden am Boden zu sehen. Krasse Typen, was? Alte Frauen und Männer auslachen, die man zwingt, auf den Knien die Straßen Wiens zu putzen. Wie kaputt musst du sein, das witzig zu finden? Eine Freundin meiner Eltern ist Jüdin, dafür würden sie uns zu Hause köpfen. Wir haben uns mit ihr zusammen das Hrdlicka-Denkmal angesehen. Die Touristen und auch die Wiener haben den waschenden alten Juden für ein Sitzmöbel gehalten, nicht für ein Mahnmal. So eine Art Enzi mit Bart. Die saßen da ständig drauf, deshalb hat die Gemeinde Wien Stacheldraht auf seinen Rücken gegeben. Die Freundin meiner Eltern meinte, das sieht aus wie eine Dornenkrone. Als ob man den Juden jetzt nachträglich taufen wollte.»

Mit Dirko war ich jeden Tag an dem Denkmal vorbeigefahren, als ich noch ins Theresianum ging. Ich war froh, jetzt auf dem Fluss zu lernen. Am Fenster meiner Schulklasse zogen Frachtschiffe aus Rumänien und Deutschland vorbei, Boote der Donaudampfschifffahrtsgesellschaft. Die MS Prinz Eugen, die MS Wachau, die Vindobona und die Admiral Tegetthoff. Holz schwamm auf dem Wasser Richtung Donaudelta. Ich stellte mir vor, dass die Enten und Fische, die um unsere Schule herumschwammen, bei offenem Fenster auch etwas lernten. Kluge Hechte und Zander, belesene Brachsen, Zobel und Rapfen, Kotbraxen, die vom Dreißigjährigen Krieg gehört haben, Karauschen, Bitterlinge und Rotaugen, die über die Strukturen der EU Referate halten könnten. Selbst wirtschaftlich bedeutungslose Fische wie der Schratz könnten durch Bildung eine Art Sinn bekommen. Am dümmsten waren wahrscheinlich Wels, Schlammpeitzger und Bartgrundel, weil sie am Boden im Sand wühlten, wo sie vom durch unsere geöffneten Fenster dringenden Lehrstoff am wenigsten mitbekamen.

Minako träumte davon, die Seile zu kappen und den Anker unserer Schule zu lichten.

«Ein Schiff, das nie fährt, ist wie ein Vogel, der nie fliegt», sagte sie.

«Vielleicht müssen Vögel nicht fliegen. Vielleicht reicht es, wenn sie wissen, dass sie es könnten», antwortete ich.

«So wie es deinen Eltern reicht, zu wissen, dass sie sich um dich kümmern könnten?»

Sie nahm meinen Kopf in ihre kleinen Hände und gab mir einen Kuss.

Tanjoubi omedetou, rief sie aus dem offenen Fenster. Jetzt wussten die Fische, was Happy Birthday auf Japanisch heißt.

Die Chinesen glotzten mich an, als wir die Wohnung betraten. Ich nickte ihnen zu, und sie sagten etwas, das ich nicht verstand. Ich hatte im Briefkasten nachgesehen. Keine Post. Nicht von Mama, nicht von Broni, nicht von der Inneren Oma. In der ganzen Wohnung roch es nach Reis und Glutamat.

«Wann wird dein Vater Vater?», fragte Minako.

«Im November.»

«Dein Halbbruder oder deine Halbschwester», sagte sie. «Wie deformiert das klingt. Wie jemand, der in einer Freakshow auftritt.»

«Halb Bruder, halb Fremder», sagte ich und packte meine neue Posaune aus. «Kennst du das?», fragte ich und spielte den Anfang von Schumanns Kinderszenen.

«Das ist schön», sagte sie.

«Es klingt scheiße auf der Posaune. Auf dem Klavier klingt's gut, aber mit diesem Idioteninstrument kannst du nur wilde Tiere in die Flucht schlagen. Egal, was du spielst, am Ende hört sich's immer wie eine Lastwagenhupe an.»

Ich schmiss die Getzen-Posaune in den Koffer zurück.

«Wahrscheinlich hat er sie mir nur geschenkt, damit er ein Ersatzinstrument hat, wenn er mal in Wien spielt.»

«Spielt dein Vater oft in Wien?»

«Früher öfter. Er war Aushilfsposaunist im *Vienna Art Orchestra,* die gibt's nicht mehr. Jetzt hat er zusammen mit ein paar Kollegen das *Let there Ba Rock*-Ensemble. Truck meets Bach. Aber Posaunen machen keine Musik, die machen Geräusche. Sie poltern in jedes Stück wie betrunkene Fußballfans. Ihnen fehlt alles. Eleganz, Charme, Intelligenz. Posause, Arschtrompete. Jedes Schimpfwort stimmt.»

Ich verschloss den Koffer.

«Komm», sagte ich. «Verlassen wir China.»

Neunhundert Euro bekam ich beim Votruba für die Posaune.

«Bist du sicher, dass du sie verkaufen willst?», fragte Minako.

«Ganz sicher», sagte ich.

«Was willst du mit dem Geld machen?»

«Keine Ahnung», sagte ich. Das hatte ich mir nicht überlegt. Ich wollte nur Papas Geschenk nicht behalten.

Minako überlegte.

«Ich weiß etwas», sagte sie.

Der Tätowierer wog mindestens zweihundert Kilo. Er saß oben ohne auf seinem Hocker, der Bauch quoll bedrohlich aus der Jeans. Als wäre er eine großzügig bemalte und beschriebene Buddhastatue. Quer über seine Wampe stand in fetten Frakturbuchstaben das Wort *RESOZIALISIERT*, auf dem massigen Oberarm lächelte ein fast lebensgroßer Peter-Rapp-Kopf. Auf dem Unterarm las ich: *Wenn jemand fragt, wofür ihr steht, sagt Inzest.*

«Wir sind zu jung für ein Tattoo», sagte ich.

«Er ist ein Freund meiner Mutter», sagte Minako. «Und wir machen ein ganz kleines Tattoo.»

«Ein Kindertattoo», sagte der Chef von *Wiener Blut.*

«Du fängst an», bestimmte Minako, «du hast heute Geburtstag.»

Am Da-Vinci-Grill drehte sich ein Lamm, dazu gab es einen Topf Ajvar. Außerdem hatte Dirko eine Vasina-Torte für mich gebacken.

«Ich hab extra viel Weinbrand reingetan», sagte er. «Damit die Party in Gang kommt.»

Arash und Tuffan hatten Datteln aus dem Süden des Iran mitgebracht und Asuka Dimitri und Frostad, die beiden Babyvogelchoreographen. Sie trugen eine große Platte. Omelettebällchen mit Oktopusstücken, Eierkuchen mit Kohl, getrocknete und eingelegte kleine Sardellen und salzig eingelegte Aprikosen.

«Die FPÖ würde verrückt werden», sagte Arash.

«Das nennt man Fusion, echte Fusionküche», sagte Minako. Der Zellophanverband um ihr Bein glänzte in der Sonne.

«Seid ihr mit den Knöcheln zusammengestoßen?», fragte Tuffan.

«So ähnlich», sagte Minako. «Aber besser.»

Frostad krähte, mein Geburtstagsfest war eröffnet.

«So ein schöner Ort», sagte Asuka am Abend. Wir hatten ein Lagerfeuer gemacht. Dirko und die Russen waren zu Schnäpsen übergegangen, Minako lag in meinem Schoß. Das Feuer spiegelte sich auf dem Gesicht des Buddhas.

Japanerinnen, Perser, Russen, ein Serbe und ich. Hielt ich

mir einen internationalen Hofstaat, um meine Mutter zu beeindrucken? In Gedanken beschrieb ich ihr die Szene. Die Tänzerin mit der aufrechten Haltung, deren Rücken auf der Bühne kaputtgegangen war. Tuffan und Arash, deren Eltern vor den Ayatollahs geflohen waren aus einem Land, in dem Frauen juristisch Dinge sind. Minako, deren Vater in einem Kanal lag. Wir, zwei Blue Jeans, die passten, als wären wir füreinander angefertigt worden. Die Vögelrussen und Dirko, der beide Beine nach- und mich erzog. Die Szene wie eine UNO-Sitzung. Mein Knöchel schmerzte, aber mein Herz tat weh. Aus dem Nest geworfen. Wie Frostads Vogel. Die Schale kaum aufgepickt und schon allein.

«Ich bin froh, dass deine Großmutter nicht zur Party gekommen ist, ich hätte eine ganze Herde auf Leonardo stecken müssen, um sie satt zu kriegen», sagte Dirko. Neben ihm standen zwei leere Flaschen Vranac und drei leere Plavac.

«Seine Oma ist die dickste Frau der Welt. Sie sieht aus, als hätte sie Claudes eigentliche Oma aufgegessen.»

Tuffan lachte.

«Vielleicht sollte sie eine Burka tragen?», sagte er. «Burkas machen schlank.»

«Weißt du, ob deine Mutter schon in Peru lebt?», fragte Asuka.

Ich zuckte mit den Schultern.

«Everybody has the right, to reinvent their lives», krähte Frostad. «Your mom likes to look around the corner, to see, what's there. That's ok. And you were not there. Life is a crossroad with streets that lead into many directions. Your street leads you to this wonderful place with these wonderful people. Nothing bad about it.»

Seit über zwanzig Jahren krähte er professionell. Das Vogelhafte bekam er nicht mehr aus der Stimme. Er sprach wie die Synchronstimme eines Comic-Kranichs.

«See the positive part of it, Claude. You learn to be free and responsible. It is up to you, you aren't a child anymore, driven by his parents.»

«Da», sagte Dimitri mit vernebeltem Blick. Er schien bereits mehr Promille intus zu haben als die Marillenschnapsflasche, die er in der Hand hielt.

«Du kannst das alles anders machen als deine Eltern», sagte Asuka. «Dass Kinder mehr lernen werden, als ihre Eltern je wussten, ist eine ziemlich genaue Definition menschlichen Fortschritts. Du lernst gerade viel.»

«Stimmt. Blue Jeans weiß alles über Hinrichtungen in Wien, hab ich recht?» Dirko lachte. «Wann war die letzte öffentliche Hinrichtung nach einem ordentlichen Gerichtsverfahren?»

Den warmen Körper Minakos spürend antwortete ich: «Am dreißigsten Mai achtzehnhundertsechsundachtzig. Der dreiundzwanzigjährige Raubmörder Georg Ratkay wurde gehängt. Bei der Spinnerin am Kreuz. Die Zuschauertribüne brach zusammen. Es waren viel zu viele Schaulustige gekommen. Weil die Hinrichtung wie so oft mit Schlägereien und Betrunkenen endete, wurden ab da alle weiteren Hinrichtungen in Wien im Galgenhof des Landesgerichts durchgeführt.»

Dirko hob sein Glas.

«Auf meinen besten Schüler, auf Blue Jeans. Vierzehn Gläser werde ich leeren. Für jedes Jahr eins!»

Frostad begann wie Amsel, Drossel, Fink und Star zu singen.

«I hear babies cryin'. I watch them grow. They'll learn much more than I'll ever know. And I think to myself, what a wonderful world.»

Er trug eine gehäkelte, gelbe Haube und sah damit aus wie ein betrunkenes Huhn.

«Es wird immer Pessimisten brauchen, um die Probleme zu erkennen. Und Optimisten, um sie zu lösen», sagte Asuka.

«Das ist ein Satz meines Vaters», flüsterte Minako. «Es gibt irgendeinen Engländer, den hat Papa immer zitiert. *Ich habe beobachtet, dass nicht der Mensch, der hofft, wenn andere verzweifeln, sondern der Mensch, der verzweifelt, wenn andere hoffen, von vielen als weise bewundert wird.*»

«Als ich im Krieg war», erzählte Dirko, «haben sie einen jungen Burschen, dem eine Granate das Bein zerrissen hatte, nachts operiert. Morgens sagte er: Ich bin aufgewacht und hatte einen Schuh zu viel. Mit Lakonie kommt man manchmal besser weg im Leben. Als ich die Probleme mit meinen Beinen bekam, hatte ich erst Angst, dass es am Alkohol liegt. Ich fürchtete, der Arzt würde mir das Trinken verbieten. Als er sagte, es sei MS, war ich richtig glücklich. Außerdem bin ich froh, dass ich nur zwei Beine habe, die ihren Dienst verweigern. Stellt euch vor, ich wär ein Pferd. Vier Beine, die wegknicken!»

«Und ein Pferdegebiss, wie der frühere Austria-Wien-Trainer Stöger», sagte Arash. «Fest der Pferde, Stöger ist dabei. Das haben sie immer im Hanappistadion gesungen, die Rapid-Fans.»

«Ein Pferd ohne Beine wirst du bei Olympia nie sehen», sagte Dirko. «Höchstens bei den Paralympics, wenn sie dort endlich auch Tiere zulassen.»

«Horses without legs, a nightmare for blacksmiths», krächzte Frostad.

Minako war in meinem Schoß eingeschlafen. Ich trug sie ins Zelt und legte mich neben sie. In dieser Nacht träumte ich nicht von der Hütte.

Um sechs Uhr früh wurde ich wach, weil die Sonne ins Zelt schien. Minako schlief ganz ruhig. Ich lag den Bauch an ihren Rücken geschmiegt und hielt sie umschlungen. Mit dem Zeigefinger schrieb ich ein *L* auf ihren Hals. Jetzt war ich vierzehn. Verliebt und verlassen.

Die anderen waren fort. Die Feuerstelle rauchte noch schwach. Leere Flaschen standen vor dem kleinen Haus. Auf der Donau fuhren die ersten Schiffe flussaufwärts.

Ich stand vorsichtig auf und setzte mich ans Wasser. Ich zog die Schuhe aus, die Hose, das Hemd. Nackt stieg ich hinein und tauchte unter, zu den klugen Hechten und den imbezilen Welsen, die zwar uralt wurden, aber dumm blieben wie Schlamm. Ich schwamm bis zum anderen Ufer und legte mich dort ins Gras. Eine Gelse hockte neben mir auf einem Blatt und rührte sich nicht. Sie war auch müde. Man kann nicht ununterbrochen stechen. Auch Gelsen brauchen Pausen. Ameisen krabbelten über meine Hand. Ich ließ sie krabbeln. Ameisen haben immer etwas vor. Hätte ich meinen Holzhandschuh dabeigehabt, hätten sie hineinkrabbeln können. Die Wolken zogen. Nach Peru oder sonst wohin. Die Gelse verließ das Blatt. Sie war so vollgefressen mit Wiener Blut, dass ich sie in der Luft gut sehen konnte. Meine Oma wäre als Gelse so eine Gelse. Die Gelse flog auf meinen Arm. Ich tat nichts. Sie stach mich. Ihr Tagwerk aufnehmen. Dann flog sie weiter.

Die Chinesen hämmerten und jubelten abwechselnd. Sie feierten jeden Treffer. Ich hatte gesehen, dass sie zwei Friseurstühle in die Wohnung getragen hatten, Reisgeruch fraß sich in die Polster.

Ich hatte sie gegrüßt, als ich von der Schule heimgekommen war, aber sie hatten nicht reagiert; vielleicht hatten sie mich auch nicht gehört, weil der Fernseher sehr laut lief. Eine chinesische Castingshow. Yuen oder Chonghao oder Guogang hockte am Boden und spuckte aufs Parkett, während er *Huaxinbao* las, eine chinesische Wochenzeitung, die in Wien erscheint.

Seine Hose hatte Flecken, auf dem karierten Hemd waren rostbraune Punkte, als hätte er aus dem Ohr geblutet. Er hockte, las und rauchte. Das war neu, dass in unserer Wohnung geraucht wurde. Um ihn herum lagen überall Schalen von Sonnenblumenkernen. Ich hatte das Gefühl, unsichtbar zu sein.

Ich ging in mein Zimmer und legte mich mit meinem Laptop aufs Bett. Ich hörte sie bohren. Siebenundachtzigtausend Schriftzeichen gibt es im Chinesischen, las ich. Für den täglichen Bedarf muss man mindestens dreitausend beherrschen. Respekt. Dagegen ist unser lateinisches Alphabet ein System für Welse. Vielleicht zeigten sie deshalb umgekehrt keinen Respekt für mich. Sechsundzwanzig Zeichen, die beherrschte in China wahrscheinlich jeder Sittich. Laut Artikel sieben der *Vorschriften über die Bekämpfung des Analphabetismus* der Volksrepublik China von neunzehnhundertdreiundneunzig muss man eintausendfünfhundert bis zweitausend Schriftzeichen beherrschen, um schreiben und lesen zu können. Mit sechsundzwanzig Zeichen war ich für sie weniger als ein Analphabet. Jeder chinesische Sack musste mehr wissen als ich, jeder Topf, jedes Huhn. Seit dreitausend Jahren hatten sie schon Schrift, beginnend mit auf Rinderknochen und Schildkrötenpanzern eingeritzten Bildzeichen. Da kommunizierte man bei uns noch mit Faustschlägen und Tritten. In der Provinz Hunan gibt es sogar eine eigene Schrift nur für Frauen. Nüshu. Vielleicht würde ich Mama besser verstehen, wenn ich Nüshu könnte.

Außerdem hat China auch den größten Menschen des Planeten hervorgebracht. Bao Xishun aus Chifeng ist zwei Meter sechsunddreißig. Und ich hatte mein Wachstum seit einem Jahr eingestellt. Ein dummer Zwerg, ein legasthenischer Gnom war ich.

In China mussten Politiker und Beamte immer schon gute Literaten sein, wenn sie an Einfluss gewinnen wollten, und nicht, wie im Westen, geschickte Redner. An vielen Stellen wird beschrieben, wie groß die Enttäuschung bei vielen Chinesen war, als sie Mao Zedong oder Deng Xiaoping zum ersten Mal sprechen hörten. Das ist bei uns nicht anders. Die Enttäuschung. Nur dass es geschrieben in der Regel auch nicht besser wäre. Ich dachte an ein Plakat der Freiheitlichen. *Anbacken für Österreich* stand da, klassische, österreichische b-p-Verwechslung. Aber was kann man von einer Partei erwarten, die *Bratlfett statt Mohammed* affichiert?

Der Lärm war unerträglich. Vielleicht merkten sie es nicht, weil zu viele Schriftzeichen in ihrem Kopf herumschwirrten. Mein lateinischer Kopf hatte jedenfalls genug Platz, um die Geräusche aufzunehmen. Ich musste raus.

Als ich aus der U6 stieg und der Zug wieder anfuhr, schien es mir, als hätte ich im Vorbeirauschen Broni gesehen. Ich lief neben der U-Bahn her, bis ich vor dem Spiegel stand, durch den der Fahrer den Bahnsteig sehen kann. Ich sah den Rücklichtern im Tunnel hinterher.

Eigentlich verstand ich überhaupt nichts. Im Spiegel sah ich mich, ein Kind, das alle sechsundzwanzig Buchstaben, die es gelernt hatte, zusammensetzen konnte zu immer neuen Wörtern, aber zu keiner Antwort. Nichts verstehen, Trauer, Wut, Angst, allein, ungläubig, verloren, leer, Familie, Bruder, Mutter, Vater, U-Bahnhof.

«Guten Tag, Kaiserin von China», sagte der Obdachlose vor seinem Asyl. Sein Hund sah obdachlos aus wie er, als tränke er auch schon zu lange zu viel. Ihre Haarfarben hatten sich offenbar angeglichen mit der Zeit. Zottelig waren sie, Mensch und Hund.

«Guten Morgen, Fritz.» Minako streichelte den Fellhaufen mit dem trüben Blick.

Aus dem Obdachlosenasyl drangen scharfe, essigsaure Gerüche und Krach. Geschrei. Es klang nach fallenden Körpern und Gegenständen.

«Da geht's um nichts», sagte Fritz und deutete mit dem Kopf zum Haus. «Aber weil wir alle nichts haben, geht's logischerweise um alles, was wir haben. Ich halt mich da jedenfalls raus. Die sollen sich ihre leergesoffenen Köpfe einschlagen. Ich steh hier in der Sonne. Ein herrlicher Tag, was?»

Minako nickte. Aus einem Admiral-Wettcafé kam ein junger Türke mit wutverzerrtem Gesicht. Er habe an den Novomatic-Automaten alles verloren, schrie er, und trat gegen einen Mistkübel. Der Novomatic-Chef war früher Fleischhauer gewesen, jetzt presste er nicht mehr Würste, sondern Menschen. Damit war er zum zweitreichsten Österreicher geworden, nach dem Gummibärensaft-Mateschitz. Red Bull verleiht Flügel, aber man muss sie wieder zurückgeben.

Wir gingen zum Wasserpark, vorbei an den öffentlichen Gemüsebeeten, wo Floridsdorfer Karotten, Zucchini, Salat und Karfiol anbauten. Wie in Berlin im Tiergarten nach dem Krieg. Hätten die Karotten Geräusche gemacht wie die Automaten, wäre der junge Türke vielleicht jetzt hier gewesen und hätte sie geerntet. Der Mistkübel wäre noch gehangen, und der Novomatic-Fleischhauer hätte weiter Blunzen machen müssen.

Wir gingen über die schmale Fußgängerbrücke, unter uns die aggressiven Schwäne und E-Boote, die träge übers Wasser glitten. Am Horizont der Donauturm, der DC Tower, der Millennium Tower, die Skyline von Wien. Im Angeli-Strandbad lagen Pensionisten. Langos in den gichtigen Händen, Goldketten im grauen Brusthaar, Kugeln im Bauch.

«Vielleicht habe ich Broni gesehen», sagte ich. «Ich bin mir nicht sicher. Ich bin mir nicht einmal mehr sicher, ob ich ihn überhaupt jemals gesehen habe. Ich hab zwar den Beweis am Türstock, dass er einmal da war, aber ich verliere langsam die Bilder. Die Sicherheit, dass ich sie wirklich gesehen habe. Ihn und Mama. Vielleicht war das irgendwer. Ich kann nicht mehr genau sagen, wie mein Bruder wirklich aussah. Ich seh ihn als Kind vor mir, mit drei oder vier. Aber heute? Wenn ich ihn mir heute vorstelle, hat er einen Poncho an. Ein blonder Indio, aber ich seh ihn nur verschwommen, wie vorhin in der U-Bahn, ein Rauschen, mein Bruder rauscht an mir vorbei.»

Sie drückte meine Hand.

«Vielleicht hilft es, eine Familie zu gründen, Claude. Eine eigene Familie. Vergiss sie nicht, aber gib sie auf. So wie sie dich.»

«Ich kann nicht nicht dazugehören», sagte ich. «Heißt Pubertät, dass die Eltern schwierig werden? Interessante Frage, aber woher soll ich das wissen? Ich hab ja keine.»

«Das meine ich», sagte Minako. «Genau das meine ich. Gründe deine eigene Familie. Lass deinen Vater sausen, blas den Posaunisten in den Wind. Lass deine Mutter sausen, wink ihr über die Schulter hinterher und dreh dich nicht um.»

Wir blieben stehen.

«Gründe deine eigene Familie», sagte sie.

Es war so verrückt. Aus so vielen Gründen so verrückt. In dieser Nacht, am Tag nach meinem vierzehnten Geburtstag, schliefen wir miteinander. Im Zelt am Fluss, neben Dirkos kleinem Haus. Neben Buddha. Wir zogen uns aus. Es war überhaupt nicht schwer. Sie legte sich auf mich und sah mich an. Die kleine Kerze im Zelt zuckte. Sie nahm meinen Penis in ihre kleine Hand und führte ihn. Sie hatte gesagt, sie könne nicht tanzen. Sie tanzte. Langsam und mit mir in einem Rhythmus, den wir beide nicht kannten. Von dem wir nicht gewusst hatten, dass es unser Rhythmus war. Ameisen liefen über meine Hand. Ich ließ sie laufen.

Nachher zog Minako die Beine an und presste sie zusammen.

«Wir sind verrückt», sagte ich.

«Nein, die anderen sind verrückt», sagte sie. «Wir beruhigen den Irrsinn.»

Ich legte meinen Kopf auf ihre kleinen Brüste.

«Ist das zu schwer?»

«Nein. Es ist ganz leicht.»

Mit dem Finger fuhr sie vorsichtig über mein frisches Tattoo am Knöchel. Sie zeichnete das *L* nach.

In der Nacht wurde es merklich kühler. Wir lagen gemeinsam im Schlafsack. Trotzdem fror ich und schlief unruhig. Der Hüttentraum kam wieder. Der Boden war zu hart, ich konnte keine Löcher graben, um die Stämme hineinzustecken. Ich versuchte mit Steinen zu graben, es ging aber nicht. Es regnete, im nassen Wald sah ich schemenhaft Tiere, ich wusste nicht, ob sie mich bedrohten, aber sie lauerten. Aus dünnen Zweigen und Ästen versuchte ich, ein kleines Zelt zu bauen. Das Gerüst brach gleich wieder zusammen. Es wurde immer dunkler. Ich lehnte dickere Äste gegen einen Felsen, aber so provisorisch, dass Dachse und Waschbären ihre Köpfe durch die Zwischenräume steckten. Die Äste fielen, ich saß ungeschützt vor dem Fels.

Ich wachte auf. Minako schlief. Ich zündete die Kerze an und betrachtete sie. Sie war so schön, dass ich zu weinen begann.

4.0+

Reiner, intensiver, strahlender Schmerz.
Als ob man über glühende Kohlen laufen würde und dabei einen langen, rostigen Nagel in der Ferse stecken hätte.

24-STUNDEN-AMEISE (BULLET ANT)

Die Wohnung sah aus, als trüge sie Pelz. Eine dichte, schwarze Haarmatte bedeckte den Boden, an die Wände gelehnt hockten fünf Chinesen, die ich nicht kannte. Über der Wohnungstür hing eine goldene Acht, laut Google in China eine Glückszahl, die Reichtum verspricht. Meine Mitbewohner hatten ihren illegalen Friseursalon schon aufgemacht. In Mamas Arbeitszimmer schnitten sie, in Bronis Zimmer wuschen sie. Eine junge Frau hielt ein Kleinkind im Arm, das eine Jogginghose trug, deren Poteil ausgeschnitten war. Eine Schnellscheißerhose, die teure Windeln erspart und in China vielleicht üblich ist. Das glatzköpfige Kind schiss dann auch gleich auf unser Parkett, auf den Haarboden. Würden alle Chinesen Schnellscheißerhosen tragen, wäre Espen im Arsch.

Eine Neuerung waren die Putzmittel in der Küche, mit denen Yuen, Chonghao und Guogang Obst und Gemüse wuschen. Ich hätte ihnen gerne die Waschmaschine empfohlen, aber wir konnten ja nicht miteinander kommunizieren.

Ein goldener Wackelbuddha stand im Vorraum, als einzige Zierde.

Ein junger Asiat, der aussah wie aus einem New-Wave-Video in den Achtzigern, hockte neben Mamas Arbeitszimmer und schlürfte Nudelsuppe. Er rülpste. Alle redeten lautstark durcheinander. Ich konnte nicht mitreden. Von Minako hatte ich *wo ai ni* gelernt, sie konnte ein wenig Mandarin. Ich liebe dich. Was klang wie eine technische Frage beim ersten Mal. Aber das wollte ich weder dem scheißenden Kleinkind noch dem schlürfenden New Waver sagen, ganz zu schweigen von meinen drei Chinesen, die mich immer behandelten, als sei ich ein Straßenhund, dem sie gnädig Unterschlupf gewähren.

In der Wohnung roch es mit jedem Tag mehr wie bei Fritz im Asyl. Sobald ich mein Zimmer betrat, lüftete ich.

Der Laden ging gut. Manchmal saßen die Kunden bis auf den Gang. Acht Euro kostete ein Schnitt, neun mit Haarewaschen. Ich wollte nicht wissen, welche Chemiebrühe sie dafür verwendeten. Yuen oder Chonghao oder Guogang war fürs Waschen zuständig. Seine Hände sahen aus, als wären sie neunzehnhundertundfünfzehn bei Ypern dabei gewesen. Giftgaspranken. Aber bei einem Euro pro Shampoonieren durfte man nicht kleinlich sein.

Am Hohen Markt fegte ein Novemberwind den Müll von der Straße, die frische Luft, die durchs offene Fenster drang, tat gut. Ich lebte elternlos in einem chinesischen Frisiersalon. Bis Mitte Oktober hatte ich in Dirkos Haus am Fluss gewohnt, oft hatte Minako bei mir übernachtet, aber jetzt war es zu kalt dort geworden. Der kleine, alte Ofen konnte das winzige, feuchte Zimmer nicht wirklich heizen, im Zelt war es fast wärmer. In so einem feuchten Raum war Franz Schubert gestorben. Er hatte, wie viele arme Wiener damals, günstig in einem neuen Haus am Wienfluss gelebt, das auf Sand gebaut worden war. Nasse Wände, schimmlige Räume. Trockenwohnen nannte man das damals. So lange heizen, bis irgendwann die Feuchtigkeit auszieht. Totgewohnt hatte Papa das genannt. Fortgewohnt, so nannte ich, was meine Eltern gemacht hatten.

Ich setzte meine Kopfhörer auf und hörte die Kinderszenen. Dabei blätterte ich in Papas Schumann-Biographie. Auch Schumann wurde nur sechsundvierzig Jahre alt. Er starb jünger, als mein Vater jetzt war, und bis heute ist nicht geklärt, woran. Er litt schon früh an akustischen Halluzinationen. Töne, Akkorde, Melodien dröhnten in seinem Kopf. Sein Sprechen verlangsamte sich, er litt an skurrilen Geschmacksstörungen. Einmal stürzte er sich sogar von einer Brücke in den Rhein, um sich zu ertränken. Das hatte er schon mit achtzehn in sein Tagebuch geschrieben: *Mir träumte, ich wäre im Rhein ertrunken.* Man zog ihn heraus, er kam in die Psychiatrie, und hier endete sein Leben.

Das zu wissen, während man die Musik hörte. *Die Einsamkeit ist der vertraute Umgang mit sich selbst,* schrieb Schumann. Und: *Um zu komponieren, braucht man sich nur an eine Melodie zu erinnern, die noch niemandem eingefallen ist.*

Ein anderes Zitat von ihm schrieb ich mit Edding in meinem Zimmer an die Wand.

Es überläuft mich eiskalt, wenn ich denke, was aus mir werden soll.

Ich versuchte, so wenig Zeit wie möglich in der Wohnung zu verbringen. Oft war ich bei Minako in Floridsdorf oder bei Arash daheim. Er wohnte mit seinen Eltern und Tuffan am Floridsdorfer Spitz. Manchmal besuchten wir Nivaan im Jugendgefängnis in der Josefstadt. Ein Mithäftling war vergewaltigt worden, die katastrophalen Zustände im Jugendknast waren dadurch bekannt geworden. Jetzt bemühten die Behörden sich unter dem Druck der Öffentlichkeit, den Strafvollzug irgendwie humaner zu gestalten.

«Der arme Typ war so alt wie du, Claude. Drei gschissene Hurensöhne haben ihm einen Besenstiel in den Arsch gerammt», sagte Nivaan. «Das hätt ich mit Bambis Mörder auch machen sollen. Dem Futknecht. Irgendwie hat der Vierzehnjährige seinen Arsch für uns alle hergehalten: Es ist seit der Vergewaltigung echt besser geworden. Für uns jedenfalls. Er selber ist fürs Leben gefickt, Cuseng.»

Nivaan sah müder aus als draußen. Er glaubte aber, dass ihm der Knast später helfen könnte.

«Stichwort Credibility, Claude. Wenn Hurensöhne wie ich im Drei-Punkte-System waren, fressen sie mir später die Mucke aus der Hand.»

Das wünschte ich ihm, auch wenn im Moment wenig auf eine gute Zukunft für ihn hindeutete.

Minako hatte neuerdings oft Kopfschmerzen, manchmal auch ein Flimmern vor den Augen, und ihr wurde schnell übel. Das sei normal, beruhigte sie mich in einem Tonfall, als hätte sie schon mehrere Schwangerschaften hinter sich.

«In Peru hat eine Fünfjährige ein Kind bekommen, ich bin also eigentlich eine Spätgebärende», sagte sie.

«Ich hasse Peru.»

«Das Land kann doch nichts dafür», sagte Minako.

Wir erzählten niemandem von unserem Geheimnis. Nicht einmal Dirko. Mein Vater rief einmal an, um zu fragen, wie es mir so gehe. Gut, sagte ich nur. Hätte ich ihm davon erzählen sollen? Sagen, dass ich kurz nach ihm selber Vater würde? Wie hätte er reagiert? Gratuliere, schwanger auf den ersten Sitz? Wahrscheinlich in der Art.

Diesen Satz hatte ich von ihm einmal gehört, als er Mama aus der Zeitung einen Artikel über junge Mütter vorlas. *Wenn Kinder Kinder kriegen,* so sind solche Artikel gern überschrieben.

Ich sagte nichts.

Minako lag neben mir, als ich mit ihm telefonierte. Ich streichelte ihren kleinen Bauch, dem man nicht ansehen konnte, was sich in ihm gerade abspielte.

Ich erwähnte meinem Vater gegenüber auch nichts von dem illegalen Frisiersalon. Das war mein Leben, nicht mehr seins. Das ungeborene Kind und die Haare auf dem Parkett.

«Übst du?», fragte er.

«Was, Posaune? Nein. Ich übe leben», antwortete ich.

«So jung und so pathetisch?» Er lachte. «In zwei Wochen hat Mathilda Termin. Willst du uns besuchen kommen?»

«Ich weiß nicht. Wollt ihr denn, dass ich komme?»

«Vielleicht besser nicht», sagte mein Vater. «Ich freu mich natürlich, wenn du kommst. Aber lieber später. Dass Johannes erst einmal Ruhe hat.»

«Johannes?»

«Dein Bruder. Mathilda findet den Namen schön. Für mich klingt Johannes ja nach jemandem, der auf der faden Nudelsuppe dahergeschwommen ist, aber bei Namen habe ich mich noch nie durchsetzen können. Das war schon bei dir so. Claude, das klingt doch wirklich nach einem schwulen Dorfdesigner. Claude und Bronischlaff, absurd, als hätte ich zwei Weicheier gezeugt.»

«Ist noch was?», fragte ich.

«Brauchst du Geld?»

«Nein.»

«Gut. Endlich mal eine gute Nachricht. Hast du etwas von deiner Mutter gehört?»

«Nein.»

«Sie sind in Südamerika. Broni muss in der Schule jetzt Spanisch sprechen. Sie leben in Oxapampa, einem Kaff in der Nähe von Lima. In der Gegend haben sich im neunzehnten Jahrhundert Freaks aus Tirol und dem Rheinland niedergelassen. Da kann deine Mutter dann deren Gebräuche studieren.»

«Dafür hätte sie nicht so weit wegziehen müssen», sagte ich.

«Broni hat einen Bergtapir gesehen. Sogar zwei. Bei der Paarung. Sei froh, dass du kein Tapirmännchen bist, Claude. Riesenschwanz, aber unglaublich anstrengend für ihn, das Ding hochzukriegen. Und immer ist sie, kurz bevor er im Ziel war, einen Schritt nach vorn gegangen, und sein Monsterglied knallte auf den Felsboden, hat Broni erzählt.»

«Gut, Papa. Ich freu mich, dass ich kein Tapir bin.»

«Im Dezember spielen wir im Kursalon Hübner. Willst du kommen? Ich kann dich auf die Gästeliste setzen.»

«Ich bin dein Gast?»

«Es gibt keine Sohnliste. Jetzt sei nicht gleich so empfindlich.»

«Ich weiß, dass ich nicht auf deiner Sohnliste steh, Papa.»

«Das Gespräch ist unerfreulich. Ich hatte gedacht, du freust dich, einmal nicht Chinesisch sprechen zu müssen. Du weißt, wenn sie dich nerven, sollen die Chinesen scheißen gehen.»

«Das tun sie eh, Papa.»

«Ich schick dir dann Bilder von Johannes aufs Handy. Gibt's eigentlich noch deine kleine Geisha?»

Ich legte auf.

Morgens stand Dirko wie immer mit seinem Taxi vor dem Würstelstand. Er las Zeitung.

«Die hat ein deutscher Tourist im Wagen liegenlassen. *Hannoversche Allgemeine.* Ich meine, ich habe schon viele Namen, aber die Deutschen? Hört mal. *Die bisherige Vizepräsidentin des Landgerichts Hannover, Britta Knüllig-Dingeldey, ist neue Präsidentin des Landgerichts Hildesheim. Justizministerin Antje Niewisch-Lennartz (Grüne) übergab am Freitag offiziell die Hausleitung an die Juristin. Knüllig-Dingeldey übernimmt den Posten von Ralph Guise-Rübe, der bereits im April als Präsident an das Landgericht Hannover gewechselt war.* So kann man doch nicht heißen! Steigt ein.»

«Nein, danke, Dirko. Wir fahren heute öffentlich», sagte ich.

Minako wurde schlecht beim Fahren, und mir war es zu unsicher geworden. Ich hatte bei den letzten Fahrten die Handbremse umklammert, bis ich Krämpfe in der Hand bekam.

«Ihr fahrt doch immer mit mir», sagte Dirko irritiert. «Ist irgendwas?»

Ich schüttelte stumm den Kopf.

In der U6 öffnete ich für Minako das Fenster. Es roch nach Kebab. Ein Geruch, der um halb acht in der Früh auch Nichtschwangeren auf den Magen schlägt.

Ein Mann mit Lodenhut sprach neben uns laut in sein Telefon.

«Das war's dann für die nächsten fünf Jahre mit offiziellen

Auszeichnungen. Ich gelte als ausdekoriert. Ja, den goldenen Rathausmann hab ich bekommen. Hast du noch diesen wunderbaren Tee aus Treblinka?»

Mitten in Geometrisch Zeichnen gab es einen lauten Knall. Tische kippten um, mein Zirkel rutschte ab und fiel zu Boden. Wir waren von einem Schubverband gerammt worden. Ein Riss in der Bordwand musste von der Berufsfeuerwehr Wien gerichtet werden. Der Kapitän des anderen Schiffs beging Fahrerflucht, konnte aber an der ersten Schleuse gestellt werden.

«Ich habe das Kind gespürt», flüsterte Minako.

«Bist du sicher? Nicht die Erschütterung?»

«Nein, da war auch eine innere Erschütterung. Ich weiß nicht, wie ich es dir erklären soll. Als hätte es mich angestupst.»

Sie lächelte.

Nach der Schule gingen wir in den Wasserpark und saßen wie Astrid Lindgrens Eltern auf der Bank. Warm eingepackt, der Winter kündigte sich bereits an. Auf den Wegen lag Laub, im künstlichen See quakten Frösche.

«Früher haben sie Frösche zur Schwangerschaftsfrüherkennung benutzt», sagte Minako. «Wusstest du das?»

«Frösche?»

«Ja, der Froschtest. Sie haben dem Krallenfrosch den Urin der Frau in den Lymphsack gespritzt. Begann das Weibchen in den nächsten vierundzwanzig Stunden zu laichen, war der Test positiv. Das haben wir in Biologie gelernt, als du noch nicht bei uns warst.»

«Klingt irgendwie kaputt», sagte ich.

«Wieso? Den Fröschen ist nichts passiert. Die wurden hinterher wieder ausgesetzt.»

«Mit Nachwuchs aus Pisse?»

«Quatsch. Man nannte sie auch Apothekerfrösche. War eine ziemlich sichere Methode.»

Ich sah sie an.

«Bist *du* dir eigentlich sicher?»

«Na klar», sagte sie. «Hast du Lust, um den See zu gehen? Ich geh linksrum, du rechtsrum. In der Mitte begegnen wir uns. Da kann ich mich den ganzen Weg lang auf dich freuen.»

«Nein, Minako. Das will ich nicht.»

Ich wollte sie nicht erst 23 Jahre später an einem Tisch in New York sehen.

«Lass uns Decken von deiner Mutter holen und Pullover. Schlafen wir heute im Zelt?»

Sie strich mir die Haare aus dem Gesicht.

«Das machen wir. Ich habe übrigens noch nie einen Jungen kennengelernt, der sich mit drei Friseuren eine Wohnung teilt und so wenig Frisur hat wie du. Warst du eigentlich schon jemals Haare schneiden, seit wir uns kennen?»

«Glaub nicht.»

Ich grinste.

«Deine Zahnlücke bringt mich um den Verstand, Claude. Wenn alles andere von dir weg ist, die Zahnlücke musst du mir lassen.»

«Meine kleine Familie», sagte Minako nachts im Zelt. «Wenn du nicht bald wächst, kann es sein, dass dein Sohn bei seiner Geburt größer ist als der eigene Vater.»

«Oder unsere Tochter.»

Wir wärmten uns aneinander und stellten uns vor, dass alle Donauschiffe auf der Flucht wären. Gehetzte Kapitäne, gejagt von der Wasserschutzpolizei. Soko Donau. Dass es auf der Donau zuginge wie im Autodrom.

Zusammen hörten wir Musik auf ihrem iPod.

Das Himmelszelt
ist dein Dach
mit all den Lichtern
die dich leiten
von den Sternen
die dich begleiten
kannst du lernen
klar zu sehen.

Kurz nach Mitternacht läutete ihr Handy.

«Mal sehen, was das Häschen heute rät», sagte sie.

«Von welchem Hasen sprichst du eigentlich immer?»

«Meine Perioden-App. Da trag ich ein, wann ich meine Regel habe, und der Hase rechnet mir aus, wann meine fruchtbaren Tage sind. Der Hase ist lila und heißt Jane.»

Sie zeigte mir die App.

«Hier kann ich anklicken, ob ich Pickel hab oder Heißhunger auf irgendetwas, ob ich traurig bin oder müde. Für alles gibt's ein Symbol in meinem Hasenkalender.»

«Wofür steht das rote Herz?»

«Für Sex. Ich hab's erst ein Mal angeklickt. Und jeden Tag bekomm ich vom Häschen einen Sinnspruch. Wollen wir uns anhören, was es mir heute mit auf den Weg gibt?»

Die Stimme des Häschens klang wie das Kind einer Navistimme. Das Computerkind sprach abgehackt und englisch.

«Don't fear change», sagte die Stimme von Jane, dem Hasen. «Change fear.»

Wir standen früh auf, weil ich vor der Schule noch meine Peter-Handke-Unterlagen von zu Hause holen musste. Dirko hatte mich bissig gefragt, ob wir in der Schule Handke im serbischen Original läsen. Für ihn war das eine Art Ratko Mladic mit Schreibtalent. Ich fuhr mit der U2 bis Schottenring und ging über den Rudolfsplatz nach Hause. Es war noch dunkel. In der Wipplingerstraße bei der Inneren Oma brannte schon Licht. Wahrscheinlich hatte der Heißhunger sie vor Tau und Tag zum Kühlschrank getrieben. Ob sie versuchte, sich Leben reinzufressen? Aber für sie gab es nie genug Leben. Sie hatte einmal verkündet, sie würde nun eine Diät beginnen. Nichts mehr essen, was einen Schatten wirft.

«Was isst du dann?», hatte ich sie gefragt.

«Alles», hatte sie geantwortet. «Nur eben nachts.»

Am Salzgries sah ich schon die Lichter. Hörte die Sirenen. Die Marc-Aurel-Straße war abgesperrt. Aus den oberen Stockwerken unseres Hauses schlugen hohe Flammen. Ich stand auf der Straße und blickte nach oben.

Feuerwehr, Sanitäter, Polizei.

Später erfuhr ich, dass die Feuerwehr mit siebzig Einsatzkräften ausgerückt war, dreißig Sanitäter und Notärzte waren im Einsatz. Es war eine vollkommen unwirkliche Szene. Ich hatte noch nie zuvor ein Haus brennen sehen. Durch die Druckwelle waren Fenster zersprungen, nicht nur in unserem, sondern auch im Haus gegenüber, ebenso die Auslagenscheiben der Bank an der Ecke. Überall auf der Fahrbahn und dem Gehsteig lagen Glassplitter.

Ich kletterte unter dem Absperrband hindurch. Vor dem Eingang traf ich die Chinesen. Verwirrt und in Decken eingehüllt standen sie neben zwei Sanitätern. Frau Krause schrie, ihre Katze sei noch in der Wohnung.

Um vier Uhr dreißig habe es einen lauten Knall gegeben, so habe es angefangen. Zweiundfünfzig Menschen seien bislang gerettet worden, siebzehn Bewohner hätten leichte Rauchgasvergiftungen erlitten. Fünf Kinder und zwei Erwachsene mussten ins Spital, die anderen wurden vor Ort von der Rettung versorgt. Die unverletzt gebliebenen Personen wurden wegen der niedrigen Temperaturen in einem Bus der Wiener Linien betreut.

Ich suchte Dirko. Er war nirgendwo in dem Gewimmel zu finden.

«Wohnst du auch hier?», fragte mich ein Feuerwehrmann.

Ich nickte.

«Geh in den Bus, da bekommst du Tee und eine Decke. Alles klar?»

Ich trottete zum Bus. Meine Nachbarn saßen in Schlafanzügen, Nachthemden, Pyjamas da, manche in Unterwäsche. Das Feuer brannte immer noch hell und tauchte uns in ein gelbrotes Licht. Alle wirkten hilflos und verloren, überfordert. Wie taube Kinder.

«Haben Sie Dirko gesehen?», fragte ich in die Runde.

Sie sahen mich an, als spräche ich eine unbekannte Sprache. Kleefisch wirkte betrunken.

Durchs Busfenster sah ich Dirkos Taxi am Halteplatz stehen. Er musste zu Hause gewesen sein. Vielleicht war er einer der beiden Verletzten, die ins Spital gebracht worden waren.

Ein Feuerwehrmann kam mit der leblosen Katze von Frau Krause aus dem Haus.

Obwohl es so früh war, standen Trauben von Zuschauern hinter den Absperrungen. Wie früher, als es hier noch Hinrichtungen gab. Quotenhit Unglück. Schaulustige, die sich lebendig fühlen, wenn etwas stirbt.

Wie koordiniert alle herumliefen. Mit Helmen und Rotkreuzjacken. Mit Schläuchen, Sauerstoffflaschen und Tragen. Sie übten so etwas. Sie übten Unglück und Verzweiflung.

Ich stieg aus dem Bus. «War da ein Mann unter den Verletzten?», fragte ich eine Ärztin.

«Wahrscheinlich schon, ist ja kein Frauenhaus», sagte sie genervt und drehte sich um.

Die Decke noch um die Schultern, lief ich zurück zum Schottenring zur U-Bahn. Am AKH stieg ich aus und rannte über die Brücke ins Spital. Hier war es seltsam ruhig, als sei nichts passiert. Krankheit und Tod sind hier Normalität. Zwei Verletzte mehr oder weniger bringen niemanden aus der Ruhe.

In der Notfallaufnahme musste ich mich am Empfang anstellen.

«Mein Haus brennt», sagte ich, als mich die Schwester fragte, was mir fehle.

«Hoher Markt?», fragte sie. Meine Adresse war jetzt ein Ort, an dem etwas geschehen war. Fukushima, Haiti, Sri Lanka, Hoher Markt.

«Ich suche meinen Nachbarn», sagte ich.

«Setz dich auf die Bank, die werden gerade versorgt.»

«Dirko Dumic, ist er hier?»

«Keine Ahnung, echte Notfälle interviewen wir vor der Erstversorgung nicht.»

Ich setzte mich auf die orangefarbene Bank.

«Abgebrannt?», fragte mich ein Mann, in dessen Arm Stahlstifte steckten. Er hielt ihn im rechten Winkel.

«Feuer ist hungrig», sagte er.

Ein Krankenbett wurde aus dem Behandlungszimmer geschoben. Ich erkannte eine Nachbarin. Ihre Arme waren bandagiert. Sie nickte mir müde zu.

«Wer war der andere aus dem Haus, den sie eingeliefert haben», fragte ich sie.

«Eine Chinesin. Hab ich noch nie vorher gesehen. Wusste gar nicht, dass bei uns Chinesen wohnen», sagte sie und schloss die Augen.

Gegen acht Uhr durften die Ermittler das Haus betreten. Sie fanden seine Leiche schnell. Dirko war von einer einstürzenden Mauer getroffen worden und unter den Mauerteilen wohl qualvoll erstickt. Er hatte nicht rechtzeitig fliehen können. Wahrscheinlich hatten seine Beine versagt. Der Brand war von einer heftigen Druckwelle begleitet worden. In der Nebenwohnung fanden die Ermittler Benzinkanister. Später las ich in der Zeitung, dass ein vierundzwanzigjähriger Bewohner des Hauses verdächtigt werde, dem gekündigt worden war. Ein deutscher Mietnomade, der schon lange keine Miete mehr gezahlt habe.

Ein paar Stunden nach dem Brand wurden Polizisten in die Löwengasse gerufen, weil dort ein Mann regungslos auf der Straße lag. Der Mann war desorientiert und alkoholisiert, kam aber während der Amtshandlung zu sich. Er wurde ins Spital gebracht. Am Abend stellte sich heraus, dass es sich um den Verdächtigen handelte. Der mutmaßliche Brandstifter gab an, zur Tatzeit überhaupt nicht am Tatort gewesen zu sein. Seine Brandverletzungen konnte er laut Staatsanwaltschaft allerdings nicht näher erklären.

Aus unerklärlichen Gründen fühlte er sich ungerecht behandelt, stand in der Anklageschrift, als es zum Prozess kam. Um drei Uhr dreißig nachts habe er in der Wohnung, aus der er um sieben Uhr in der Früh delogiert hätte werden sollen, einen fünfzehn Liter Benzin fassenden Metallkanister ausgeleert. Danach warf er, laut Zeitung, einen brennenden Gegenstand in die Wohnung und machte die Türe von außen zu.

Durch die anschließende Explosion starb der serbische Taxifahrer Dirko D. in der Nachbarwohnung.

Neben dem Artikel war ein Foto von Kleefisch.

Am Tag der Beerdigung saß ich lange auf dem Beifahrersitz des Taxis. Hielt die Handbremse umfasst. Die Beifahrertür war nicht verriegelt gewesen. Als hätte er sie für mich offen gehalten. Durchs Autofenster blickte ich auf die verrußte Fassade unseres Hauses, die zersprungenen Fenster sahen aus wie offene Wunden.

Sein Sitz war leer. Ich rutschte hinüber. Umfasste das Lenkrad. Unter der Sonnenblende war ein zweiter Schlüssel. Es war taghell. Das war mir in dem Moment egal. Ich ließ den Motor an und fuhr, wie er es mich gelehrt hatte. Es ist, wie es ist, und es ist fürchterlich. Ich fuhr an den Absperrbändern vorbei auf die Wipplinger Straße, vorbei am Stoß im Himmel, an der Schwertgasse, bog rechts ab zum Donaukanal. Der Himmel war sehr trüb, verschmolz mit dem grauen Wasser des Kanals zu einer Fläche. Ich fuhr an der Urania vorbei, mit dem Observatorium im Turm. Den Mercedesstern als Zielfernrohr. Im Seitenfach steckte eine schmale Flasche Marillenschnaps, sie war noch zu einem Drittel gefüllt. An der Ampel beim Hundertwasserhaus schraubte ich den Verschluss auf, dann trank ich die Flasche zügig aus. Ein Taxifahrer neben mir sah mich an und ließ sein Fenster herunter.

«Das ist Dirkos Taxi», sagte er.

Ich schaute ihn wortlos an.

Er nickte mir zu und begann anhaltend zu hupen. Wie bei einer türkischen Hochzeit. Ich fuhr weiter nach Simmering, am Grabsteinland vorbei. Ich parkte vor dem Tor 1, nahm das Sackerl und ging durch das Tor, das die Grenze der zwei Welten war. Es schneite leicht, ein scharfer Wind blies. Ich ging an der Gruppe 35 B vorbei. *Hier ruhen die Babys, die viel zu kurz bei uns waren* stand auf einem Schild der Magistratsabteilung Tod.

Spielzeug, Teddybären, Windräder, Grablichter. Ein Kreuz mit der Aufschrift *Knabe Aschauer. Mädchen Klein.* Zu jung für einen Namen. Dirko hatte Namen im Überfluss gehabt. Frühgeburten unter fünfhundert Gramm werden in Wien kremiert. Von einem Baby bleibt ungefähr ein Fingerhut Asche zurück. Auf einem Gedenkstein stand ein Gedicht.

Ich heiße dich willkommen
und gleichzeitig nehme ich in Trauer von dir Abschied,
während ich dich in meinen Armen halte.
Dich, der mir wohlbekannt war,
in der Tiefe meines Herzens.
Du bist so wirklich für mich,

für diese kurzen Momente
und doch für alle Ewigkeit.

Der serbisch-orthodoxe Teil war bunt geschmückt. Pausbäckige Engel, auf denen sich der Schnee sammelte. Dirkos offenes Grab. Ein Sarg, keine Urne, obwohl er verbrannt war. Minako stand schon dort. Sie nahm meine Hand. Ein paar Taxifahrer, ein betrunken wirkender Pope, der Serbisch sprach.

«Dein Wagen steht draußen», sagte ich ins offene Grab. Ich holte meine Plastikposaune aus dem Sackerl und spielte für ihn Schumann. Ohne Fehler, so gut wie niemals vorher.

Das Grab wurde zugeschaufelt. Erde über ihm. Auf dem Holzkreuz stand *Dirko Dumic.*

«Wir gehen noch ins Concordia Schlössl, auf ihn anstoßen. Wollt ihr mit?», fragte einer der Taxifahrer.

«Ich komm gleich nach», sagte ich.

«Möchtest du alleine sein?», fragte Minako.

Ich nickte. Sie drückte meine Hand und ging mit den Taxlern.

Ich schaute aufs Grab. Leise fing ich an zu weinen. Ging auf die Knie und legte mich auf den feuchten Erdhügel. Ich legte mich auf den Rücken. Ich wollte liegen, wie er.

«Wir sehen beide den Himmel, und er sieht uns nicht», flüsterte ich. «Aber ich sehe dich, Dirko. Trotz Holz und Erde. Frag mich. Ich weiß es. Elektrischer Stuhl, Enthauptung, Erhängen, Erdrosseln, Erschießen, Steinigen, Vergiften», schluchzte ich. «Abtrennen von Körperteilen, Ausweiden, Bambusfolter, Einflößen geschmolzenen Metalls, lebendig Begraben, Erstechen, Erdrosseln, Erfrierenlassen. Erschlagen, Ertränken, Häuten, Kochen bei lebendigem Leib. Kreuzigen, Säcken, Pfählen,

Verdursten-, Verhungernlassen. Vergiften. Zerquetschen. Verbrennen.»

Ich legte die Plastikposaune und die Autoschlüssel auf sein Grab. Neben das orthodoxe Kreuz stellte ich eine Flasche Vranac und eine Flasche Plavac.

Mit einem Edding schrieb ich unter seinen Namen *Smbat Smbatjan, Res Moos, Storm Pontoppidan und Dirk van Quaquebeke.*

Jetzt sah es aus wie eine Party unter Tage. Als wäre er nicht allein.

Darunter schrieb ich *Ich trauere, Dein Freund Blue Jeans.*

5.0

Als äße dich ein lebendig verschlucktes Frettchen von innen auf.
Als schütte man eiskaltes Wasser auf dein offenes Herz.
Als würde nie mehr wieder etwas gut.

CLAUDE

Von Arash erfuhr ich, dass Nivaan im Krankenhaus lag. Der Besenstiel hatte zu schweren inneren Verletzungen geführt. Auf Facebook wurde er als Mädchen bezeichnet, als Pussy, Shorty, Nutte. No Cred for Homoboy.

Sie waren zu viert gewesen. Die Zeitungen schrieben darüber, die Öffentlichkeit war entsetzt, die Situation würde in den nächsten Wochen für die Inhaftierten wieder besser werden. Über neunhundert Gefangene auf engstem Raum, es war nur eine Frage der Zeit, bis das nächste Opfer gefunden werden würde.

Über Weihnachten würde er im Krankenhaus bleiben müssen. «Jesus ist für uns alle gestorben, aber wozu», hatte Dirko einmal gesagt. «In der Kirche gibt's Messwein, damit wir uns Gott schöntrinken können. Ich kann auch ohne Priester trinken. Und das tu ich, nicht zu knapp. Aber schöner wird Gott nicht. Der Schampus muss erst noch gekeltert werden, dass ich für den Heiligen Geist die Schenkel spreize. Für diese Welt hätte er sich nicht kreuzigen lassen müssen, der Jesus, da hätte auch Hinterglasmalerei genügt oder eine Strichzeichnung. Punkt, Punkt, Komma, Strich, fertig ist das Arschgesicht.»

Bambi zu rächen war richtig gewesen.

«Er hat sich für seinen Hund den Arsch aufgerissen», sagte Alif, ein Mitschüler von mir, der, wie wir alle, Nivaan-Fan war. Alifs Familie kam aus Indonesien. Sein Urgroßvater war der letzte Sultan von Gowa gewesen. Die Holländer hatten ihn abgesetzt und die Demokratie eingeführt. Alif war deshalb auf Demokratie nicht gut zu sprechen, und die Holländer hasste er. Er half im kleinen Asiamarkt seines Onkels aus, wahrscheinlich der einzige Sultan der Welt, der in einem Supermarkt arbeitete.

Minako war nicht in der Schule. Sie litt wieder unter Schwindel. Es ging ihr nicht gut. Wir hatten immer noch niemandem von ihrer Schwangerschaft erzählt, und ich ging sie voller Sorge besuchen. Ihre Mutter war für ein paar Tage in Salzburg bei einem Tanzworkshop.

«Das ist normal», sagte Minako, als hätte sie schon viele Kinder zur Welt gebracht. Sie lächelte. Ich sah ihr an, dass es ihr schwerfiel.

«Manchmal habe ich das Gefühl, mein Puls springt heraus», sagte sie. «Wenn ich aufstehe, sehe ich Sterne. Aber keine romantischen.»

«Sollen wir mit einem Erwachsenen sprechen?»

«Nein, sollen wir nicht», antwortete sie und legte ihre kleine Hand auf meinen Mund.

Seit dem Brand wohnte ich bei ihr oder in Dirkos Haus am Fluss. Solange ihre Mutter weg war, spielten wir Mann und Frau. Ich kaufte ein, Obst, Magnesiumtabletten, alles, von dem ich dachte, es täte ihr gut.

«Bald wirst du dick sein wie meine Großmutter», sagte ich.

«Wenn man so jung ist wie ich, sind die Babys klein», sagte sie.

«Babys sind immer klein», antwortete ich.

«Unser Baby wird noch kleiner sein. Das hat die Natur sich gut ausgedacht. Das macht es leichter, bei der Geburt.»

«Bei der Geburt», wiederholte ich. «Wie das klingt. Ich kann mir das nicht vorstellen. Minako, wir müssen jemandem Bescheid sagen. Oder willst du das Kind in Dirkos Haus bekommen? Mit heißem Wasser, wie im Film? Ohne Hilfe?»

«Ich hab doch dich. Ich will nicht, dass man uns überredet, es nicht zu bekommen. Das täten sie. Das müssten sie tun. Alle.»

«Sind wir verrückt, Minako?»

«Ja, das sind wir, Blue Jeans. Ist das nicht schön?»

Papa hörte entweder keine Nachrichten, oder es war ihm egal, dass unsere Wohnung abgebrannt war. Ich bekam die monatliche Überweisung, ansonsten herrschte Funkstille. Nur zur Geburt von Johannes hatte ich ein Foto der glücklichen Eltern zusammen mit meinem Halbbruder bekommen. Er sah aus wie Broni mit dem dummen Blick von Mathilda. Weil der Briefkasten natürlich auch abgebrannt war, musste ich zur Hauptpost am Fleischmarkt, gegenüber der Abtreibungsklinik, vor der immer eine ältere Frau von *Pro Leben* stand, mit einem Schild um den Hals. *Abtreibung ist Mord.*

«Meine Eltern haben mich mit dreizehn abgetrieben», sagte ich ihr.

«Mörder», schrie sie. Ich wusste nicht, ob sie mich oder meine Eltern meinte.

«Meine Freundin ist schwanger», sagte ich. Aus einem Reflex. Sie war der erste Mensch, der unser Geheimnis erfuhr. Was für eine furchtbare Wahl. Wahrscheinlich dachte ich mir, dass sie auf unserer Seite wäre, aber durch ihren jahrelangen Hass war sie überhaupt nicht fähig, *für* jemanden zu sein.

«Ihr sollt behinderte Drillinge bekommen», brüllte sie.

Ich schlug ihr ins Gesicht. Eine Passantin applaudierte.

Die Alte versuchte, mich zu treten, aber durch mein Kickbox-Training war ich geschult. Ich wehrte ihren Tritt ab und traf sie mit einem Low Kick in die Kniekehle.

Ein zufällig vorbeifahrender Polizeiwagen bremste abrupt und setzte zurück. Doch ich rannte schon Richtung Postgasse und sprang über die Mauer der Akademie der Wissenschaften. Ich lief durch den Hof und das Hintergebäude, vorbei an Sälen mit Deckengemälden, in denen Tischtennisplatten standen. Hier spielte die Tischtennisabteilung der Post zwischen Tierskeletten und Zeichnungen aus dem 18. Jahrhundert. Ich fand die Tür. Dirko hatte sie mir einmal gezeigt. «Eine Wundertüre», hatte er gesagt. «Ins Paradies.»

Ich öffnete sie und stand im Urwald. Im historischen Zentrum der Stadt. Eingekesselt zwischen der Akademie der Wissenschaften, dem Jesuitenkolleg und der Alten Universität. Ein Areal, groß wie zwei Fußballfelder, vollkommen verwildert.

«Hier würden Immobilienmakler ohnmächtig werden», hatte Dirko gesagt. Braches Land in allerbester Lage. Russen würden Unsummen bezahlen für den Quadratmeter, aber die Besitzverhältnisse waren ungeklärt. Stadt, Bund, Universität, Kirche, alle meldeten Ansprüche an, seit Jahrzehnten ließ sich das Problem nicht klären. Den Bäumen und Pflanzen war das egal. So hatte Wien vor der Besiedelung ausgesehen. Urwald. Urwien. Ich kämpfte mich durch Zweige und Büsche. Der Schnee knirschte unter meinen viel zu dünnen Turnschuhen.

Inmitten des Dickichts blieb ich stehen. Hier klang die Stadt völlig anders. Gedämpft. Alles blieb hier stehen. Hier war Wien still, es selbst. Ahorn, Esche, Linde.

Ich setzte mich unter die schweren Äste einer Eiche. Meine Jeans wurde nass. Ich zog die Beine an den Körper, machte mich kleiner, als ich war, und ließ mich so, in einer Embryonalhaltung, zur Seite fallen. Eine Woche noch bis Weihnachten. Ich schloss die Augen. Hörte den Schnee, die Zweige. Einen Sperling. Eine Meise.

Man war gar nicht wirklich allein.

Als es dunkel wurde, verließ ich das Paradies. Ich nahm einen Umweg zur U4, um nicht wieder an der Abtreibungsklinik vorbeizukommen.

Ich fuhr bis zur Spittelau. Die U-Bahn war voll bis auf den letzten Platz. Menschen und Geschenke. Ein Mann mit drei großen Nespressosackerln, die grau melierten Haare wie George Clooney geschnitten, trotzdem sah er bestenfalls aus wie eine Hämorrhoide im Darm des Schauspielers.

Ein Rumäne ohne Beine spielte in der Station auf einem Akkordeon *Stille Nacht*, der Kebabstand nebenan war mit Tannengrün dekoriert.

Vor zwei Jahren hatten wir noch gemeinsam gefeiert. Mama, Papa, Broni, die Innere Oma, deren Lieblingsgeschenke Kalorien hatten. Broni und mir schenkte sie schlechte, selbstgemalte Bilder.

«Wie ihr mir, so ich euch», sagte sie. «Ich hab auch jahrelang solche Bilder bekommen.»

Die Hühnergeschreiige war damals auch noch dabei, so nannte Papa seine Mutter. Großmutter Raupenstrauch, die

Wien hasste, wegen der vielen Ausländer. Der Disput mit Mama, die ihren Rassismus nicht ertrug. Hatte sie da schon den Peruaner im Kopf? Die Hühnergeschreiige sprach starken oberösterreichischen Akzent, und der Tod schien ihr bereits aus den Pupillen. Sie sprach den ganzen Abend über ein Mädchen in Hühnergeschrei, das mit dem Zopf an einem Elektrozaun hängen geblieben war. Die Sensation des Ortes. *Das Mensch,* sagte sie zu dem Mädchen.

Papa, der, während ich mit der Inneren Oma sprach, hinter ihr stand und so tat, als würde er ihr das Brotmesser in den Rücken stoßen. Ich musste so tun, als sähe ich das nicht. Das gemeinsame Posaunenspiel von Papa und mir. Ich mit der Plastikposaune.

Es wird scho glei dumpa, es wird scho glei Nocht
Drum kim i zu dir her, mein Heiland auf'd Wocht
Will singen a Liadl, dem Liabling dem kloan
Du mogst jo ned schlofn, i hear di lei woan
Hei, hei, hei, hei
Schlaf siaß, herzliabs Kind.

Der Ochs im Stall, das sind wir, hatte Dirko im vergangenen Jahr gesagt. Und die Krippe war die Hütte, die ich im Traum nicht hinbekam.

«Wir fahren über Weihnachten zu Papas Mutter nach Deutschland», sagte Minako. «Das machen wir jedes Jahr. Oma deckt immer für vier, als wäre Papa noch da. Fährst du nach Linz?»

«Ich weiß noch nicht. Er hat morgen das Konzert. Kommst du mit?»

«Natürlich. Lernt es endlich seinen Großvater kennen», antwortete sie und strich sich über ihren Bauch, dem man immer noch nichts ansah.

Der Dezember ist für klassische Musiker ein gutes Geschäft. Der Parkplatz vor dem Kursalon Hübner war voll besetzt, aus der U-Bahn-Station *Stadtpark* kamen Pelze und dunkle Wintermäntel. Die Straße war vereist, die Pelze gingen im Gänsemarsch.

Auf dem Plakat sah Papa in seinem Smoking aus wie jemand, vor dem meine Eltern mich gewarnt hätten. Er lächelte unheimlich, die Posaune sah aus wie eine Waffe. Neben dem Plakat seines Ensembles hing eine Vorankündigung für eine Lesung am nächsten Tag. *Oh, Pannenbaum. Heiteres im Advent.*

Der Eingang war festlich beleuchtet. Zur Weihnachtszeit spielte Energiesparen keine Rolle, die Stadt strahlte, blinkte und glitzerte rund um die Uhr.

«Ist dein Vater eigentlich ein guter Musiker?», fragte Minako.

«Ich glaub schon. Nicht genial, aber er erfüllt die Bedingungen», sagte ich. «Er ist kein Lindberg oder Becquet, aber für einen Bauern aus Oberösterreich schlägt er sich ganz wacker.»

«Ich bin schon sehr gespannt», sagte sie und griff nach meiner Hand.

Sie sah blass aus. Wann hörte dieses Unwohlsein endlich auf? Ab dem dritten Monat sollte es besser werden, hatte ich gelesen. Dass ich verantwortlich war für ihre Erschöpfung, den Schwindel, das Herzrasen, quälte mich sehr.

Wir gingen die von Eis befreiten Stiegen hinauf und stellten uns an der Kasse an. Die Kleinsten in der Reihe.

«Es müssten Karten hinterlegt sein», sagte ich. «Auf Raupenstrauch.»

Die Frau im Kassenhäuschen blätterte in ihren Unterlagen.

«Nein, da find ich nichts. Vielleicht auf einen anderen Namen?», fragte sie freundlich.

«Claude, vielleicht?»

«So wie Wolke?»

«Was?»

«Nein, da find ich auch nichts.»

«Ich bin der Sohn eines der Musiker.»

«Schön, dann wünsch deinem Vater mal toi, toi, toi, aber du stehst hier nicht. Frohe Weihnachten! Der Nächste, bitte.»

«Ich hab's vergessen», sagte Papa am Telefon. «Zu viel im Schädel, es tut mir leid. Na ja, waren eh nur Standards. Scheidt, Buxtehude, Scarlatti, Bassani, Telemann, das Übliche, um die Schweinsohren zu betören. Lauter alte Weiber im Publikum, die aus der Fut nach Tod riechen. Hör zu, Claude, ich bin schon wieder in Linz. Wir packen gerade, wir fahren mit dem kleinen Scheißer zu seinen deutschen Großeltern. Was machst du an Weihnachten? Gehst du zu deiner Großmutter?»

«Ich weiß noch nicht.»

«Ich kann dich verstehen. Mit dem Nilpferd würd ich auch nicht unterm Baum sitzen wollen.»

«Minako war mit mir im Kursalon», sagte ich.

«Ihr hätt's gefallen. Asiaten stehen auf unsere Musik. Genau das Richtige für ihre Schlitzohren. Ich muss aufhören, mein Sohn. Ich meld mich Heiligabend bei dir.»

Über die Feiertage ruhten die Bauarbeiten am Hohen Markt. Die Fassade war noch immer schwarz vom Ruß. Es würde noch Wochen dauern, bis die oberen Stockwerke wieder zu beziehen wären. Die *8* über unserer Wohnungstür hatte den Chinesen und mir kein Glück gebracht. Die Frisierstühle waren genauso abgebrannt wie der Haarteppich am Boden und Dirkos Foto vom Silvesterball der Selbstmörder. Der kleine Buddha im Vorraum war geschmolzen. Er sah aus wie nach einem Napalmangriff. Lange hatte ich mir noch eingebildet, Mamas Geruch in der Wohnung wahrzunehmen. Sie roch nach der Provence, nach Produkten von L'Occitane. Jetzt roch es dumpf, nach Aschenbecher und nassem Mörtel. Die Zeichen am Türstock waren mit dem Türstock verbrannt. Alle Zeichen waren verschwunden.

Die Taxis standen vor unserem Haus, aber das Bild war unvollständig. Ich ging die Marc-Aurel-Straße hinunter und überquerte den Donaukanal. In den Fenstern brannten überall Kerzen, und man sah durch die Scheiben Tannenbäume. Es war später Nachmittag, der Schnee war geschmolzen. Trist lag mattes Licht auf dem Wasser. Ich blieb auf der Salztorbrücke stehen. Das Riesenrad, die Urania. Christmas in Vienna.

Ich warf auf der Praterstraße die Postkarte ein. An *Ruth Raupenstrauch, Oxapampa, Peru.*

Liebe Mama, lieber Broni. Frohe Weihnachten, Claude.

Die Wände von Dirkos Häuschen hatte ich mit Zeitungspapier und Pappe verklebt, um die Feuchtigkeit zu bekämpfen. Ich hatte viel Holz gesammelt und hockte mich vor den kleinen Ofen. Den Schlafsack hatte ich mir umgelegt. Strom gab es keinen mehr. Tote zahlen keine Rechnungen. Ich hatte ein paar Kerzen aufgestellt, sie reichten, um den winzigen Raum zu beleuchten. Minako hatte mir einen kleinen Weihnachtsbaum aus Sperrholz zum Zusammenstecken geschenkt. Ich fügte die beiden Teile zusammen und stellte ihn vor mich auf den Boden.

Minakos Geschenk legte ich davor.

Es wird scho glei dumpa, es wird scho glei Nocht.

In einem Jahr würden wir zu dritt sein. Trine, Nea, Naya, Fritzi, Smilla, Klaralotta. Minakos Vorschläge. Unser Kind würde nicht nach einem Ethnologen benannt werden. Yuna, Momoka, Hina, Miyu, Aoi. Meine Vorschläge. Wir gingen beide davon aus, dass es ein Mädchen werden würde.

«Weil alles zwischen uns so zart ist», hatte sie gesagt.

Ich zog den Schlafsack enger um meinen Körper und packte das Geschenk aus. Ein Bildband. *Kleine Häuser.*

Ein englisches Siedlerhaus.

Thomas Jeffersons Flitterwochenhäuschen.

Eine Pionierhütte.

Thoreaus Hütte.

Eine Hütte für Erdbebenopfer.

Eine winzige Eisfischerhütte.

George Bernard Shaws Schreibhütte.

Ein Wartehäuschen.

Kleinste Häuser aus Holz zum Selberbauen. Mit Plänen, Skizzen, Fotos und Anweisungen.

Ein Buch, das zeigen will, wie klein kleine Häuser sein können.

Ich blätterte in dem Buch und blieb bei Thoreaus Hütte hängen.

Ende März achtzehnhundertfünfundvierzig, las ich, *begann Henry David Thoreau am Ufer des Walden Pond in Concord, Massachusetts, mit dem Bau einer Einsiedlerhütte, die ihn alles in allem ganze achtundzwanzig Dollar kosten sollte. Er lebte zwei Jahre in seiner komplett eigenhändig errichteten Behausung, um ein damals aufsehenerregendes wie aus heutiger Sicht skurriles Experiment durchzuführen: Thoreau wollte beweisen, dass man von allen Menschen unabhängig leben und auch allein glücklich werden kann. In seinem Buch* Walden *veröffentlichte Thoreau eine vollständige Bauanleitung seines Häuschens einschließlich Materialliste, genauen Maßangaben und Kostenaufstellung, die allen potenziellen Einsiedlern den exakten Nachbau ermöglicht.*

Ich trank Marillenschnaps aus Dirkos Vorräten und aß einen Bratapfel, den ich mir auf dem Ofen zubereitet hatte. Thoreaus Hütte war klein und sah exakt aus wie die Hütte, die ich in meinen Träumen bauen wollte. Als würde ich sie erkennen. Als hätte ich einen vertrauten Ort entdeckt.

Ende März achtzehnhundertfünfundvierzig lieh ich mir eine Axt und ging in den Wald am Walden Pond, nahe der Stelle, an der ich meine Hütte errichten wollte, und schlug einige hohe, gerade Kiefern. Mit dem Fällen des Bauholzes und dem Zuschneiden von Wandpfosten und Balken war ich einige Tage beschäftigt. Einen Großteil der Hölzer schnitt ich auf sechs Zoll im Quadrat. Während ich die meisten Pfosten nur auf zwei Seiten, Deckenbalken und Bodenbretter nur auf einer Seite bearbeitete, beließ ich an den restlichen Hölzern die Rinde, sodass sie nicht nur gerade, sondern auch wesentlich stärker waren als die zugesägten Teile. Nachdem ich mir die entsprechenden Werkzeuge geliehen hatte, versah ich jeden Balken mit Zapfen und Löchern.

Thoreau bezog seine Hütte im Juli, arbeitete aber weiter an der Fertigstellung, sooft es seine Zeit erlaubte.

Den Kamin errichtete ich nach Abschluss der Gartenarbeiten im Herbst, bevor ein Feuer zum Heizen notwendig wurde. Bis dahin kochte ich im Freien über einem offenen Feuer.

Im November vollendete Thoreau sein Haus.

Ich sah mir die Bilder an. Zwölf Quadratmeter hatte das Haus, daneben war ein kleiner Schuppen für das Holz. Im Haus gab es ein Bett, einen Schreibtisch, zwei Stühle, einen steinernen Kamin, eine Falltür in den drei Quadratmeter großen und zwei Meter hohen Keller. Eine Tür, zwei Fenster, eine kleine Holzveranda.

Ich blies die Kerzen aus und legte das Buch neben meinen Kopf. In dieser Nacht würde ich sicher sein.

«Unsere Nachbarn haben um drei Uhr früh an unsere Tür geklopft. Kannst du dir das vorstellen, Claude? Um drei Uhr früh! Glücklicherweise war ich noch wach und spielte Schlagzeug.» Alif war wirklich empört. Wir beide gingen am Opernring durch die weihnachtliche Stadt. Vor der niederländischen Botschaft spuckte er auf den Asphalt.

«Ich spuck auf dein Verein», sagte er. Das machte er immer vor der Botschaft, späte Rache für die Absetzung seines Urgroßvaters, des Sultans von Gowa. Einhundert Söhne hat er gehabt, Alifs Großvater war der zweitälteste.

«Ich hätte heute einen Harem, Blödsinn, mehrere Harems ohne die depperten Käsefresser. Wenn denen Demokratie wirklich so ein Anliegen gewesen wäre, hätten sie meinen Uropa ja wählen lassen können. Willst du abdanken oder lieber Sultan bleiben? *Das* wäre Demokratie gewesen!»

Ich war froh, dass Alif in der Stadt war. So blieb ich über die Feiertage nicht ganz allein.

«Wenn du an Weihnachten einsam bist, such dir Moslems als Freunde», sagte er. «Wir sind die Einzigen ohne Psychose in dieser Zeit.»

Er spielte in einer Band. *Dschihate.* Als Bandlogo hatten sie den gezeichneten Mohammed-Karikaturisten Kurt Westergaard mit Knollennase.

«Mohammed-Karikaturisten karikieren wird man ja wohl auch bei unseren Leuten dürfen», sagte er.

«Trotzdem besser, dass man euch nicht kennt», sagte ich. «Sicherer.»

«Ich hab keine Angst», antwortete Alif selbstbewusst. Sultan Alif war sein Künstlername.

Wir gingen durch den Burggarten. Wie es aussah, feierten die Junkies auch Weihnachten. Keiner da, nur im Gebüsch lagen ein paar Spritzen. Sie würden nach den Feiertagen schon wiederkommen.

Am Christkindlmarkt vor dem Zuckerbäcker-Rathaus standen schon jetzt, zu Mittag, die ersten Punschleichen an den Ständen, beim Riesenadventkalender an der Fassade vom Café Landmann waren alle Türen geöffnet. Keine Überraschungen mehr. Das war's.

Noch lebende Pferdeleberkäse zogen Fiaker. Aus ihren Nüstern kamen Wolken. Es begann zu schneien.

«Weiße Weihnacht, nichts für Brownies wie mich», sagte Alif.

Hinter der großen Glastüre der *Möwe* saß eine junge Frau am Missbrauchstelefon. Rund um die Festtage hatte sie viel zu tun. Eine Freundin von Mama arbeitete dort als Therapeutin. Sie hatte erzählt, dass manchmal Männer dort anriefen und während des Gesprächs onanierten. Eine wirklich kaputte

Form von Sexualität. Zu wichsen bei dem Gedanken an missbrauchte Kinder.

Ich fragte mich, was Mamas Freundin wohl zu Minako und mir sagen würde. Was Mama sagen würde. In den fremden Kulturen, mit denen sie sich beschäftigte, war es nicht unüblich, früh Kinder zu bekommen. Aber wir waren keine fremde Kultur. Nicht für uns selbst. Obwohl.

Der Schnee wurde dichter. Wir gingen die Stiegen hinunter zum Kanal. Am *Flex* vorbei, an der *Grellen Forelle.* Clubs, in die wir erst in zwei Jahren hineindürften.

Jogger versuchten, die Kalorienbomben, die sie in den letzten Tagen in sich gezündet hatten, wegzulaufen. Hunde blinzelten im Schneeflockenwind.

«Also, du liebst Minako. So richtig», sagte Alif und zog sich seine Pelzkapuze enger um den Kopf.

«Ja, ich liebe sie so richtig», antwortete ich. Der Holzhandschuh wärmte nicht. Er und die Plastikposaune waren alles, was mir nach dem Brand geblieben war.

«Das muss cool sein», sagte Alif. «Ich mein, so richtig. Wenn du nicht nur auf ihre Titten stehst. Na ja, das wäre ja auch wenig, worauf du bei ihr stehen könntest.»

Unter der Brücke bei der Spittelau lag ein Sandler auf einem Pappkarton, zugedeckt mit seinem Hund. Eine kleine Familie, auch sie.

«Richtig verliebt, so im Bauch? Wie ist das Gefühl, wenn man verliebt ist?»

«Ich denke an sie und werde ruhig. Als wär ich in einem Kokon.»

«Raupenstrauch, das musst du ja so formulieren. Cool. So wie auf einer Wolke mit wenig Platz?»

«Ja, vielleicht. So als wäre sie mein Puzzlestück. Zusammen ergibt sich für mich ein Bild. Klingt das kitschig?»

«Na ja, ein guter Text für *Dschihate* wär's nicht, aber nein, ich find's eigentlich schön. Mein Urgroßvater hatte hundert Bilder, aber wenn dir eins reicht und du das Bild magst.»

«Kennst du Mariana Abramović?»

«Klingt wie die Mutter eines Fußballers.»

«Sie war eine Freundin von einem Freund von mir. Sie liebte einen Mann. Die beiden haben sich getrennt und dann nach zwanzig Jahren wiedergesehen. Ich habe mir das auf YouTube angesehen. In ihrem Gesicht hast du alles gesehen, was ich spüre. Das Ganze. Mama, Papa, Dirko, Minako. Ich weiß nicht, die ganze Trauer und die ganze Hoffnung und die Wehmut und das Glück.»

«Arnautović? Merk ich mir. Scheint ja 'ne geile Bitch zu sein. Ich kauf dein Leben, Oida», zitierte er den Fußballer Marko Arnautović, der diesen Satz bei der Verkehrskontrolle zu einem Polizisten gesagt hatte.

Beim Angeli-Bad an der Alten Donau gingen wir über die schmale Brücke. Auf dem Wasser fehlten die Kampfschwäne. Sie wurden den Winter über irgendwo im Warmen gehalten. Der Eisladen vom Birner hatte geschlossen. Direkt am Wasser lagen ein paar kleine Schrebergartenhäuschen mit eigenen Stegen. An einem Steg festgebunden lag eine Zille, ein schmales Holzboot mit Motor, wie sie früher auf der Donau zum Verschiffen von Waren benutzt wurden. Von Linz bis nach Budapest. Einfache Boote, die man nach der Ankunft zu Brennholz verarbeitete.

«Niemand da», sagte Alif. «Die Häuser sind leer. Die Schrebergärtner feiern die Geburt eures Herrn. Hast du Lust?»

«Worauf?», fragte ich.

«Eine Spritztour. Da wir beide nicht übers Wasser laufen können, brauchen wir das Boot.»

«Ist das dein Ernst?»

«Inschallah», sagte er und begann, über den Zaun zu klettern. Ich folgte ihm. Wir stiegen in das kleine Boot. Es war etwa sechs Meter lang, nur hinten beim Motor war ein schmales Brett, auf dem man sitzen konnte.

Alif startete den Motor und gab Gas. Wir flitzten über das Wasser. Es spritzte hinein, wir klatschten auf das eiskalte Wasser. Die Zille fuhr viel schneller, als wir erwartet hatten. Links flog Floridsdorf an uns vorbei, rechts die Skyline.

Der Wind, der Schnee, die Kälte, das Wasser. Ich konnte mich nicht erinnern, der Natur schon einmal so nahe gewesen zu sein. Uns blieb die Luft weg, wir kreischten vor Glück.

Am Schulschiff hielt Alif. Mit einem Edding und wenigen Strichen zeichnete er Kurt Westergaard an die Außenwand. Daneben schrieb er *Sultan*.

«Mein Tag», rief er. «Jetzt gehört die Schule mir!»

Wir fuhren weiter zu Dirkos Haus und zogen das verblüffend leichte Boot über den Treppelweg in den Garten, wo wir es mit Zweigen und einer Decke aus Dirkos Haus bedeckten.

«Willst du Marillenschnaps?», fragte ich ihn.

«Klar. Ich finde, Marillenschnaps ist halal. Wird ja schließlich nicht aus Schweinefleisch gemacht.»

Später borgte er sich mein Fahrrad aus und fuhr zu seinem Onkel ins Geschäft.

«Wir haben heute offen, damit ihr Christen nicht verhungern müsst.»

Er kam mit Lammkoteletts, Weißbrot und Oliven zurück.

Wir schmissen Leonardo an und grillten das Fleisch. Dann saßen wir am warmen Feuer und leerten eine ganze Flasche.

«Hab ich erzählt, was ich neulich im Café Fichtl gehört habe?», lallte er, als die Sonne schon unterging. «Da saß so ein Typ am Nebentisch. Er fragt die Kellnerin: Könnte ich Milch für meinen Tee haben? Darauf sie: Ich hab fettarme. Und er: Ja, das sieht nicht hübsch aus, aber haben Sie jetzt Milch?»

Wir lachten.

«Frohe Weihnachten», sagte Alif betrunken und schlief ein.

Silvester verbrachte ich allein am Kahlenberg. Ich sah um Mitternacht auf die Stadt hinunter. Das Feuerwerk. Dann war Stille. Sternenklare Nacht. Die Postkarte aus Peru hielt ich in der Hand.

Feliz Navidad. Broni und Mama.

Der Leopoldsberg, der Reisenberg, der Lalisberg, der Hermannskogel.

Ich stapfte durch die winterliche Landschaft, zwischen den Buchen und Eichen, auf deren Ästen schwer der Schnee hing. Ich blieb stehen und lauschte. Ich hörte nichts. Nur Nacht. Die Stadt war weiter weg als Peru.

Zweitausendfünfzehn. Ich war vierzehn Jahre alt. Meine Freundin erwartete unser gemeinsames Kind. Ich wünschte mir ein frohes neues Jahr.

Ich dachte an die drei Chinesen, an Kleefisch, die tote Katze von Frau Krause. Die Sammlung von Katastrophen, die immer mehr anwuchs.

Ich blickte in den Himmel und prostete Dirko mit seinem

Schnaps zu. Wir sind zu klein, als dass der Himmel uns sehen könnte. Aber Dirko würde es schaffen. Smbat Smbatjan. Und ich Samvel Smbatjan. Den Pass hatte ich in seinem Haus gefunden, in dem einzigen, kleinen Schränkchen. Ein armenischer Pass mit meinem Foto. Samvel Smbatjan, geboren am dreizehnten September zweitausend in Eriwan. Ich konnte nicht beurteilen, ob die Fälschung gut war, für mich sah der Pass sehr echt aus. Ein Armenier. Das verfolgte Volk. Ich weiß nicht, warum er den Ausweis gemacht hat oder von jemandem aus dem Milieu hat machen lassen. Ob er selber fälschte? Er, der zwischen gefrorenen Tieren seine Heimat verlassen hatte? In Wien hatte er nach vielen Jahren zum ersten Mal wieder unter seinem richtigen Namen gelebt. Vielleicht war er am Ende bei sich angekommen. Ein tröstlicher Gedanke. Mein armenischer Vater. Smbat und Samvel.

Es war zu kalt, um hier oben zu bleiben. Außerdem hatte ich keine Axt dabei, ich konnte mir keine Hütte bauen. Also stieg ich den Kahlenberg hinunter, in die feiernde Stadt. Ich feierte auch. Dirko und Minako.

Am dritten Januar kam Minako zurück. Sie sah verändert aus. Nicht gut. Ihr Gesicht war aufgedunsen, sie hatte Schwellungen an der Hand. Ihre Übelkeit hatte zugenommen. Sie sah Dinge doppelt.

«Ich seh zwei Blue Jeans, Claude. Und manchmal sehe ich nur ein Stück der Welt, als wäre das Format verändert worden.» Sie lächelte müde. «Aber endlich sehe ich dich.»

Wir hatten uns lange still umarmt. Fast zwei Wochen war sie weg gewesen. Ich spürte, wie ihre Muskeln zuckten.

«Was ist das?», fragte ich.

«Ich weiß nicht. Mein Körper macht neuerdings die merkwürdigsten Dinge. Ich kenne ihn nicht mehr. Mama sagt, ich muss zum Arzt, sie macht sich Sorgen, aber ich fürchte mich.»

«Deine Mutter hat recht», sagte ich.

Wir küssten uns. Dirkos kleines Haus war im Winter unbrauchbar. Ich hustete, weil der Ofen nicht dicht war. Es qualmte heraus, und der Rauch vermischte sich mit der Feuchtigkeit zu einer unheimlichen Verbindung.

«Du hast ein Boot?»

«Ja», sagte ich. «Das hab ich mir selbst zu Weihnachten geschenkt.»

Ich betrachtete ihre Hand. Sie sah aus, als hätte man sie aufgepumpt.

«Tut das weh?»

«Nein, es fühlt sich taub an», sagte sie. «Vielleicht will das Kind schon heraus.»

«Durch die Hand?»

«Durch die Hand, die Füße, mein Gesicht. Es fühlt sich an, als würde in mir ein Gewitter wüten. Ich habe Angst. Es soll sich nicht fürchten. Es soll ihm gutgehen, Claude. Unserem Kind.»

Wir kuschelten uns in den Schlafsack, so eng es ging.

«Ich freu mich so, dass du wieder da bist», flüsterte ich.

«Ich mich auch. Ich saß unterm Baum bei meiner Oma und wünschte mir nichts mehr, als dass du dabei wärst. Sie hat mir ein Geschenk für dich mitgegeben.»

«Deine Oma?»

Minako zog einen Bilderrahmen aus ihrer Umhängetasche.

«Das habe ich gemalt, da war ich sechs.»

Ein Haus, mit Filzstift gezeichnet. Daneben ein Pfeil, der auf das Haus zeigte. Darüber stand in ungeübter Kinderschrift: *Haus.*

«Ich war mir damals wohl nicht sicher, ob man das Haus als Haus erkennt», sagte sie leise und lächelte.

«Schadet ja nicht», sagte ich. «Du wolltest halt sichergehen. Aber du hast dich als Malerin unterschätzt. Ich hab's sofort erkannt.»

«Ich dich auch, Claude. Als du ins Schulschiff kamst. Am ersten Tag. Sofort. Da hat es keinen Pfeil gebraucht, auf dem ER stand.»

Am Morgen wurde sie nicht wach. Ich schüttelte sie, aber sie blieb ohne Bewusstsein. Voller Panik rief ich die Rettung und lief dann verzweifelt von ihr zu der kleinen Straße und wieder zurück. Auf der Nase Buddhas lag Schnee. Ich schrie die leere Straße an, lief zurück, legte ihr die Hand auf die Stirn, küsste sie, strich ihr das Haar aus dem Gesicht, rannte zurück zur Straße. Endlich kam der Notarztwagen.

Zwei Sanitäter und ein junger Arzt.

«Seit wann ist sie bewusstlos?», fragte der Arzt.

«Ich weiß nicht. Ich wurde wach, da lag sie so da.»

«Habt ihr Drogen genommen?»

«Was? Nein. Sie ist schwanger», brüllte ich.

«Die Kleine ist schwanger?»

Mit einer Trage schoben sie Minako in den Krankenwagen. Ich setzte mich zu ihr nach hinten. Mit Blaulicht fuhren wir durchs verschneite Wien ins AKH. Ich hielt ihre kleine, geschwollene Hand.

«Du schon wieder», sagte die Schwester in der Notaufnahme.

«Kann ich mit hineinkommen?», fragte ich den Arzt.

«Nein, du wartest hier», antwortete er unwirsch. «Kinder schwängern. Spitzenidee.»

Ich konnte mich nicht hinsetzen. Reglos stand ich im Wartesaal und starrte auf die Tür, hinter der Minako lag.

Ich wurde durch einen Schrei aus meiner Starre gerissen. Ein Sandler mit blutigem Kopf. Er hatte in der Notaufnahme laut Mundharmonika gespielt und war von einem Pfleger aufgefordert worden, ruhig zu sein.

«Ich bin ein Outlaw», schrie er und warf ein leeres Krankenbett um, das laut gegen die Wand donnerte.

Der Outlaw hatte kurze Haare und einen langen, schwarzen Bart. Dass ich mich daran erinnere.

«Ich will ein Wasser, sofort, in diesem verfickten Scheißhaus», schrie er.

Drei Securityleute kamen angerannt und versuchten, ihn niederzuringen.

«Ihr habt euch den Falschen ausgesucht», sagte er ruhig. «Bei mir beginnt Gewalt da, wo sie für euch aufhört!»

Er schlug mit seinen Fäusten auf die durchtrainierten Securitymänner ein, aber am Ende überwältigten sie ihn und führten ihn hinaus, die Arme auf dem Rücken zusammengeschnürt. Er hatte feuchte Augen.

«Ich weine nicht», brüllte er. «Ich weine nur beim Orgasmus. Ich hab so harten Stuhl, dass es mir den Darm zerfetzt, und ich hatte eine Rauferei, die Hoden tun mir weh.»

Neben mir unterhielt sich eine Ärztin mit einer Schwester.

Eine Vierjährige war von einem Dobermann in den Kopf gebissen worden.

«Wir legen sie in den Schockraum», sagte die Ärztin.

Ich fühlte mich selbst wie in einem Schockraum. Erst nach über einer Stunde öffnete sich die Tür des Behandlungszimmers. Eine Krankenschwester und ein junger, übermüdeter Arzt kamen auf mich zu.

«Bist du der Vater?», fragte der Arzt.

Ich nickte. Ich konnte nicht sprechen.

«Komm mal mit mir», sagte er. Wir liefen durch ein Gewirr von Gängen. Schließlich öffnete er die Tür zu einer Art Balkon. Er nahm eine Zigarette aus seinem Kittel, steckte sie an und nahm einen tiefen Zug. Dann stellte er den Kragen seines Arztkittels auf, es war furchtbar kalt.

«Kannst du uns die Nummer ihrer Eltern geben?»

Wieder nickte ich. «Ihrer Mutter. Wie geht es ihr?»

«Wie heißt du?»

«Claude.»

«Claude. Und deine Freundin, wie heißt die?»

«Minako. Ihre Mutter ist Japanerin.»

Er sog an seiner Zigarette, als wollte er sie mit einem Zug ausrauchen.

«Wie alt ist sie. Dreizehn? Vierzehn?»

«Minako ist vierzehn.»

Er nickte. «Die Natur ist streng und verlangt, dass man Regeln folgt, Claude. Das ist wie ein Computerprogramm, als hätte uns jemand programmiert. Und manchmal gibt es Viren, Abstürze, wie bei deinem Computer. Dann musst du das Ganze wieder hochfahren, aber das ist bei Menschen komplizierter. Hast du schon einmal das Wort Präeklampsie gehört?»

Ich schüttelte den Kopf. Ich fror.

«Das passiert manchmal bei Schwangerschaften», sagte er. «Gerade bei so jungen Mädchen. Bluthochdruck, die Gefäße verengen sich. Es kommt zu Durchblutungsstörungen von Geweben und Organen, zu einer Einschränkung der Sauerstoffversorgung. Im ganzen Körper ergeben sich entzündliche Prozesse, Gerinnungsaktivierungen in den Gefäßen und Schädigungen der inneren Gefäßschicht, die Gefäßelastizität nimmt stark ab. Die Folge der veränderten Blutzusammensetzung ist eine Störung der Nierenfunktion mit erhöhter Eiweißausscheidung sowie eine Beeinträchtigung anderer Organfunktionen und der Plazenta. Okay so weit?»

Ich wusste nicht, was okay sein sollte an dem, was er mir gesagt hatte. Ich schüttelte den Kopf.

«Nein», sagte ich. «Wie geht es ihr?»

Er zog erneut an seiner Zigarette. «Die Patientin leidet an Ödemen, Wasseransammlungen. Ödeme an den Beinen sind in der Schwangerschaft bis zu einem gewissen Grad normal.»

«Sie hat geschwollene Hände», sagte ich.

Er nickte. «Ja, das haben wir gesehen. Ödeme an den Händen und im Gesicht sind nicht normal, sondern pathologisch und ein ernstes Warnzeichen.»

«Sie wollte nicht zum Arzt. Sie hatte Angst, man nimmt uns das Kind weg.»

«Ich kann das verstehen. Aber es war ein Fehler, Claude. Bei einer länger anhaltenden Präeklampsie kann es zu Schäden an den Blutgefäßen des Mutterkuchens kommen, wodurch das ungeborene Kind nicht mehr ausreichend mit Sauerstoff versorgt wird. Spreche ich verständlich?»

«Ist etwas mit dem Kind?»

«Eine schwere Präeklampsie führt zu einem weiteren, plötzlichen Anstieg des Blutdrucks und zu neurologischen Symptomen. Die Ursache dafür ist, dass auch die Gefäße im Gehirn geschädigt werden. Dadurch kann es zu zerebralen Ödemen und Blutungen kommen. Hatte sie Kopfschmerzen? Ohrensausen, Gesichtsfeldeinengungen, starke Bauchschmerzen?»

Ich nickte stumm.

«Hab ich mir gedacht. Das ist alles das Vorstadium zu einer lebensbedrohlichen Eklampsie. Die gravierenden neurologischen Symptome können jederzeit in eine tiefe Bewusstlosigkeit oder einen Krampfanfall übergehen. Das kündigt sich meist durch einen starren Blick, weite Pupillen und Zuckungen an den Extremitäten an. Dann herrscht akute Lebensgefahr. Bei einem Krampfanfall kann es zu einem Stimmritzenkrampf kommen. Wir nennen das Larygospasmus. Und das ist es, Claude. Das ist es. Ihr Körper war einfach noch nicht so weit.»

Er warf die Zigarette auf den Boden und trat darauf.

«Was heißt das?», fragte ich leise.

Er zögerte. «Das, was du befürchtest. Das, was du nicht aussprechen kannst. Das, was ich nicht aussprechen will. Es tut mir leid. Furchtbar leid.»

Er ging hinein.

Ich blieb auf dem verschneiten Balkon stehen.

Ich kann mich nicht erinnern, wie ich in Dirkos Haus gekommen bin. Ich legte mich auf den Schlafsack, in dem wir beide noch am Morgen zusammengelegen waren. Der Bilderrahmen lag neben ihrer Tasche. Es war mehr, als ich fühlen konnte. Mehr, als ich denken konnte. Mir war, als würde ich mich vom Himmel aus betrachten, ohne mich zu sehen.

Ich berührte meine Hand, die sie berührt hatte, und spürte sie nicht. Nicht die Hand. Nicht Minako. Als wäre mir alles ausgefahren. Das Leben.

Eine Hülle auf einem Schlafsack. Unempfindlich gegen Kälte.

Ich weiß nicht, wie lange ich so dalag. Irgendwann hatte ich Dirkos Kiste mit dem Marillenschnaps zu mir gezogen und getrunken, bis alles getrunken war. Ich hatte gespieben und weitergetrunken, weitergetrunken und gespieben. Regungslos. Den Ofen fütterte ich nicht, die Kerzen entzündete ich nicht. In Dunkelheit und Frost lag ich da. Und fuhr mit dem Finger über das *L* an meinem Knöchel.

Einmal meinte ich, einen Vogel am Fensterbrett zu sehen. Er schaute mich an, hielt den Kopf schräg. Einmal schien die Sonne kurz hinein, Tage und Nächte verschwammen. Es schneite fast durchgehend. Öffnete ich die Augen, sah ich vor dem Fenster eine weiße Wand. Manchmal hörte ich Schiffe auf der Donau.

Irgendwann klopfte es. Ich kroch zur Türe, öffnete, blinzelte ins Tageslicht.

Ein Bauarbeiter stand vor mir.

«Gut, dass ich reingeschaut habe», rief er zu ein paar anderen Männern, die bei einem Lastwagen standen. «Da ist noch jemand.»

«Wir reißen das Haus ab», sagte er zu mir. «Du gehst besser raus.»

«Aber, das Haus gehört …»

«Dieser durchgeknallten Buddhistin. Sie hat's verkauft, an den Yachtklub. Wir reißen ab. Jetzt. Pack deine Sachen!»

Ich steckte meine wenigen Habseligkeiten in den Schlafsack. Das Buch, den Bilderrahmen, den Holzhandschuh.

Vom Zelt aus sah ich, wie sie mit dem Abriss begannen. Es hämmerte in meinem Kopf, Dirkos Haus stürzte ein. Sie arbeiteten bis zur Dämmerung. Dann fuhren sie. Ich stand vor den Trümmern.

Zwischen den Steinen fand ich noch eine unversehrte Flasche. Ich legte mich ins Zelt und trank sie aus.

Als ich den Rausch in bildlosen Träumen ausgeschlafen hatte, stand ich auf.

Ich öffnete das Zelt. Die Sonne schien, Schneekristalle glitzerten. Buddha sah mich an.

Ich ging langsam zum Fluss, wie ein Kriegsversehrter, der aus einer blutigen Schlacht torkelt. Ich setzte mich ans Ufer. Die Schiffe fuhren nach Ungarn und Rumänien, als wäre nichts geschehen. Als hätte nie etwas außer ihnen existiert. Als hätte nichts Bedeutung, außer ihrem ameisenhaften Beschäftigtsein. Stromaufwärts, stromabwärts. Egal, welche Ladung. Egal, welches Ziel.

Ich zog mich aus und stieg ins Wasser. Ich dachte, ich müsste sterben. Alles zog sich zusammen, mein Körper geriet in Panik. Trotzdem tauchte ich unter. In die Stille. Zu den dummen Welsen wollte ich, mich neben sie in den Schlamm legen. Nichts wissen. Langsam selber verwelsen.

Ich spürte, wie ein Aal über meinen Körper glitt. Oder ein anderer langer, dünner Fisch. Hier ließe es sich aushalten, dachte ich. Hier wäre Ruhe.

Ich tauchte wieder auf und holte tief Luft, trocknete mich mit einem schmutzigen Geschirrtuch ab und zog mir meine Kleider an. Ich hatte noch fast zweihundert Euro. Ich ging in die Marina frühstücken. Eier mit Speck. Dann kletterte ich über den Zaun des Güterbahnhofs. Noch immer lagen dort massenhaft rote Ziegel. Tausend würde ich brauchen. Die nächsten beiden Tage trug ich die Ziegel in Dirkos Garten. Einhundertmal musste ich gehen.

Ich stapelte sie neben dem Boot. In dem kleinen Schuppen lag Dirkos Werkzeugkiste. Mit diesen Werkzeugen hatten wir den Leonardo-Grill gebaut.

Mit dem Rad fuhr ich zum Supermarkt. Ich kaufte Konserven, Kartoffeln, Eier, Knäckebrot. Das würde sich länger halten.

Ich zog das Boot zum Fluss, band es fest und begann, es zu beladen. Die Ziegel, die Lebensmittel, die Werkzeugkiste. Die zwei Fenster von Dirkos Haus, die wie durch ein Wunder nicht zerbrochen waren. Den Spaten, einen Kessel, die Bratpfanne, eine Petroleumlampe, Mamas Tasse, die ich schon vor Wochen vom Hohen Markt hierhergebracht hatte. Einen Löffel, eine Axt. Den Bilderrahmen mit dem Haus, den Holzhandschuh, das Buch *Kleine Häuser* und meinen armenischen Pass packte ich in Minakos Tasche. Die Tasche wickelte ich in den Schlafsack.

Ich löste das Seil und setzte mich ins Boot. Mit der Strömung trieb ich Richtung Osten. Ich startete den Motor und fuhr los. Weit würde ich mit dem Benzin nicht kommen, aber ich wusste, dass es in der Au Stellen gibt, die man nur mit flachen Booten wie meiner Zille erreichen kann. Wenige Kilometer vor Hainburg fand ich den perfekten Platz. Ein schmaler Donauarm führte zu einer Bucht, die wie geschaffen war. Eine Insel, nicht einsehbar vom schiffbaren Fluss. Ich fuhr mit der Zille bis fast auf den Kies, sprang ins kalte Wasser und zog das schwerbeladene Boot an Land.

Mein Handy hatte noch fünf Prozent Akku. Ich sah, dass heute der zehnte Januar war. Tag der Blockflöte. Ich schmiss das Handy in den Fluss.

Ich sah mich um. Direkt am Ufer war ein kleiner Wald. Ein Urwald. Hier war alles noch so wie vor tausend Jahren. Für den Erhalt der Hainburger Au hatten meine Eltern früher einmal demonstriert.

Danke, Eltern.

Ich sah mir die Bäume an. Das sollte ich schaffen. Ich hatte Zeit.

Meine Sachen hängte ich an einen Ast. Den Kessel, die Pfanne, die Tasse. Mit der Axt in der Hand machte ich mich auf die Suche nach den richtigen Stämmen. Ich zog mit dem Stiel einen Grundriss in den Schnee. Dann kniete ich mich in die Mitte des Quadrats. Ich hatte meine eigene Sonne, Mond und Sterne und eine kleine Welt für mich allein. Ich hätte der erste Mensch sein können oder der letzte. Es war hier ebenso gut Peru, Armenien oder Wien.

Ich war nicht einsamer als der Nordstern, der Südwind, ein Aprilschauer, Januartauwetter oder die erste Ameise in einem neuen Haus.

QUELLENNACHWEIS

SEITE 77 Hannes Leidinger u. a., Habsburgs schmutziger Krieg. Ermittlungen zur österreichisch-ungarischen Kriegsführung 1914–1918, Wien 2014.

SEITE 78 F. Joseph Roth, Radetzkymarsch, München 1998, S. 388.

SEITE 123 Nazar, HC (HC Strache-Diss).

SEITE 169 Louis Armstrong, What a wonderful World, Text: Bob Thiele / George David Weiss.

SEITE 183 dpa, zitiert nach Welt vom 31. 10. 2014.

SEITE 186 Jeans Team, Das Zelt, Text: Franz Schütte / Reimo Herfort / Henning Watkinson.

SEITE 200 Es wird scho glei dumpa, Text und Musik: Anton Reidinger.

SEITE 205 Lester Walker, Kleine Häuser, Köln 2000, S. 39.

SEITE 192 F. Julie Fritsch, Sherokee Ilse, Unendlich ist der Schmerz … Eltern trauern um ihr Kind, München 1995.

SEITE 222 Henry David Thoreau, Walden, Deutsch von Emma Emmerich und Tatjana Fischer, Zürich 2015, S. 196 und 205.

MIX
Papier aus verantwortungsvollen Quellen
FSC® C083411

Das für dieses Buch verwendete Papier ist FSC®-zertifiziert.